小学館文庫

江戸寺子屋薫風庵

篠 綾子

小学館

目次

江戸寺子屋薫風庵

第一話　彼《か》は誰《たれ》ぞ

一

江戸は下谷《したや》の乾《いぬい》（北西）の方に、犬槙《いぬまき》の生垣で囲まれた一反《いったん》（三〇〇坪）ほどの敷地がある。

広いわりに住人は尼二人と飯炊き娘の、合わせて三人。その住まいの庵《いおり》は決して大きくない。見た目も鄙《ひな》びた造りなのだが、これはわざと金をかけ、出家者にふさわしい侘《わ》び寂《さ》びを演出したとも言われている。

庵には「薫風庵《くんぷうあん》」という名があるが、「清貧は見せかけさ」と陰口を叩《たた》く者たちからは「犬槙屋敷」と呼ばれていた。というのも、ここの主人の尼が元は大店《おおだな》の主人の妾《めかけ》で、主人が死んだ後、尼となることを条件に遺産をがっぽり分捕った、と言われているからだ。

その女、元は遊女だったのを身請けされたのだが、主人は自分の死後、女を余所《よそ》の男に渡すまいとして、そんな遺言をしたのだとか。庵の名は女が遊女屋にいた頃、「薫《かおる》」と名乗っていたのにちなみ、俳句好きだった主人が季語の中から選んだそうだ。

もっとも、すべてはあくまで町の噂《うわさ》話で、尼自身の口から本当のことを聞いた者はいなかった。

さて、尼となったその女——蓮寿尼《れんじゅに》は敷地内に別の平屋を建てると、そこを学《まな》び舎《や》として寺子屋《てらこや》を始めた。はて、元は遊女で、今は尼といういわくありげな女が、子供たちを相手にどんなことを教えるのやら。

おっかな吃驚《びっくり》、子供を通わせ始めた近所の者たちであったが、意外に子供たちの受けはいい。

「蓮寿先生、お話が面白い」

「寺子屋、楽しい」

子供たちの口からそんな言葉が漏れれば、親も嬉《うれ》しく、安心して子供たちを任せていられた。

　ところが――。

　寺子屋を始めて一年も経《た》つと、蓮寿はあっさり寺子屋から身を退《ひ》いた。寺子屋を辞めたのではない。別の尼を呼び寄せて、その者に師匠の座を譲ったのである。

　うまくいっていたのに、どうして身を退くのかと問う者たちに、蓮寿は「建てた、教えた、飽きた」と答えたのだとか。「飽きた」とは「嫌になった」ということではなく、「もう十分満たされた」ということらしい。

「今度、来る子は、だからね、秋田生まれの子なのよ」

　と、続いた駄洒落《だじゃれ》を褒める者はいなかったが……。

「秋田は小野小町《おののこまち》の出身地だからね。その子も別嬪《べっぴん》さんよう。ま、私には見劣りするだろうけどね」

　尼が別嬪だったところで、これという恩恵はない。寺子屋の師匠が美人でも、子供には関わりあるまい。

　そんなことより、師匠として子供たちを教えることに長《た》けているのか。

「ま、頭のいい子だって聞いていますよ。これまで世話になっていたお寺でも、年下の小僧さんとか使用人の子供を相手に、よく算術を教えていたっていうから」

どうやら寺子屋の師匠をやった経験はないが、学問はしっかり身につけており、人に教えるのも好きな質《たち》らしい。まあ、蓮寿が大丈夫と言うのなら、それを信じて、子供たちを続けて通わせてみるか。親たちがそんな考えに至った頃、件《くだん》の若い尼僧が薫風庵にやって来た。

まだ二十三歳の妙春《みょうしゅん》という名の尼は、五十になる蓮寿と比べれば、親たちから頼りになると思わせるには物足りない。しかし、別嬪には違いなかった。

「新しい先生ね、とってもきれいなの」

子供たちは、若くてきれいな尼の師匠を、おおむね好意を持って受け入れた。

「すごくたくさんのことを知ってるのよ。言ってることはよく分かんないけど、とにかくすごいの」

「算額の写しを見せたら、それもすらすら解いちまったんだぜ」

この頃、算術の愛好家たちが和算《わさん》の問題や解法を絵馬にして、寺社に奉納することが行われていた。問題が解けたことを神仏に感謝する意もあったが、あえて難問を書いて、見る人に解法を求めることもある。それを解いてしまったというのであれば、まあ何やらすごい先生が来てくれたということらしい、子供が気に入っているのならやれ幸いだと、親たちもひと安心した。

そうして、一年が過ぎた。

子供たちの口から寺子屋や妙春尼の話が出てくることは、めっきりなくなった。親の方が尋ねても、「んー、いつもおんなじ」という言葉しか返ってこない。はて、何か困ったことでもあるのかと訊《き》いてみれば、これという厄介事はないという。

親だって日々忙しい。困ってないならかまっている暇はないのだ。とにかく何かあったら言いなさい、と子供に念を押し、話はいつもそこで止まるのであった。

教え子の家々で、そんなやり取りが交わされているとも知らぬ薫風庵の妙春は、寺子屋の指導を終えた初夏の午後、端切《はぎ》れの布を前に、とある作業に熱中していた。

「おてるには、今日の問いは難しかったかも……。あの子はいつも説き聞かせるたび、『分かりました』としきりにうなずくので、合点《がてん》がいったものと思っていたけれど、本当は分かっていなかったのね」

妙春はぶつぶつと呟《つぶや》きながら、鋏《はさみ》を手に端切れを丸く切り抜いていく。

「今日の問いは、直角の三角形の中にこうして円を入れたから、あの子には難しかった。まだ円は早かったのね。なら、三角形と四角形だけを組み合わせて……」

今度は別の布を三角に切り抜き始めたところへ、

「ちょっと、妙春。いるんでしょう？」

背後から声がかかり、妙春は振り返った。見れば、蓮寿があきれた顔つきで立っている。

「どうなさいましたか、蓮寿さま」

「あのねえ。巾着《きんちゃく》を作るって端切れを持ち出したんでしょ」

「はい。よく物を置き忘れる子がいますので、その子に持たせようと――」

「その子の前に、お前が何をするつもりだったか、忘れちまわないといいんだけどね」

「あっ……」

妙春は小さな声を上げた。確かに、目の前に広がっているのは、さまざまな図形に切った布とその残骸。継ぎ合わせれば巾着になるという形には見えない。

「お前のことだから、算術にでも頭を使っていたんだろうけど、その前に、あの声を聞いてごらん」

蓮寿の言葉に耳を澄ませると、「おおい、いるんだろ。蓮寿さんに妙春さん。今すぐ出てきてもらおうか」と怒鳴る男の声がする。

「あら、まあ。あれは、お隣の大造《だいぞう》さんのお声では？」

「あらまあ、じゃないよ。先に気づいた方が出ていきゃいいんだけど、若いお前がいるのに応対を私にさせたとあっちゃ、あの爺《じい》さんはまたあれこれけちをつけるからね」

「もちろんでございます。蓮寿さまは客間でゆるりとお待ちくださいませ。取り次ぎにはわたくしが参りますので」

妙春は慌てて立ち上がった。

「ゆるりと待たせてもらえるなら、それに越したことはないんだけれどね」

蓮寿が溜息《ためいき》を漏らした。「ああ、鋏はちゃんと置いていきなさいよ」と蓮寿から言われ、妙春は慌てて鋏を箱の中にしまうと、足早に玄関口へと向かう。

玄関先では、隣家の大造という老人がいらいらしながら待ち構えていた。

「どんだけ待たせるんだい」

妙春が戸を開けるや否や、鋭い声が飛んでくる。

「申し訳ございません。お待たせしてしまいましたか」

「たった今、そう言ったばかりだろうが」

大造は顔を真っ赤にして怒鳴り返した。

「大変失礼をばいたしました。それでは、中へお上がりくださいませ。お話をお伺いいたします」

妙春は丁重《ていちょう》に言い、苦虫を噛《か》み潰したような顔の大造を客間へと招き入れた。

「まああ、大造さん。そんなに大きな声を出さなくてもね、私はちゃんと聞こえていますからね」

大造の顔を見るなり、あやすように蓮寿が言った。

「玄関先で大声出しても、なかなか出てこなかったのはそっちだろうが。それとも何か。うるさい爺《じじい》がやって来たよと、二人で陰口でも叩いていたか」

「それは僻《ひが》みってもんですよ。今はね、妙春が少しばかり手が離せなくて、出ていくのが遅れたってだけです。お詫《わ》び申しますよ。それで、大造さんのご用向きというのはどんなことですか」

蓮寿から話を向けられ、大造はむすっとした顔で、袂《たもと》からあるものを取り出した。

「あら、それは盆栽の木の枝じゃないんですか」

大造が手にしているのは、長さ三寸（九センチメートル）ほどの枝である。五葉松《ごようまつ》だろうか、枝先には針のような葉が毬《まり》のようになって付いていた。が、もう一方の先端の方はぼきっと無残に折り取られたふうである。盆栽を育てている人であれば、枝を切るのにきちんと鋏を使うものだが……。

「ああ、これはな。ついさっき、外から飛んできた石が当たって、こんなふうになっちまったんだよ」

大造が怒りをようようこらえながら言った。

「それはまあ、お気の毒さまでした。それにしても、ひどいことをする人がいるもんですねえ」

「本当に。下手人《げしゅにん》はつかまえられたのですか」

蓮寿に続いて妙春が言うと、大造の目が妙春へと向けられた。

「やったのは、あんたの寺子屋に通う餓鬼《がき》どもだよ」

「えっ、うちの子たちが」

妙春は目を見開いた。

「でも、子供たちは今から一刻《いっとき》（約二時間）ほども前に帰っていますよ」

やんわりと蓮寿が注意を促す。

「石が投げ込まれたのはちょうどそのくらいだよ。なら、どうして俺がすぐにここへ怒鳴り込んでこなかったのかって。それはな。今の今までご近所さんを駆け回り、俺んとこと同じ害を被《こうむ》ったもんがいないか、訊いて回ってたからだよ」

大造の話によれば、今日石を投げ込まれた家はないが、ひと月ほど前から似たような目に遭った家が数軒あったという。人の怪我《けが》や物の破損はなかったので、特に騒ぎ立てはしなかったそうだ。手習いに使った紙屑《かみくず》を投げ込まれた家もあり、どう考えても薫風庵に通ってくる寺子《てらこ》のしわざ。もっとも、被害に遭った誰も、下手人の寺子の顔は見ていない。ただし、男の子の笑い声を聞いた者はいたという。

「それだけじゃねえ。気味の悪いことに、蛙《かえる》や蚯蚓《みみず》の骸《むくろ》を投げ込まれたってえ家もある。いいかね、それらは串刺しにされていたそうだよ」

「ひどい……」

妙春は眉をひそめた。命の大切さ、小さきものや弱きものを慈しむ心の大切さは、事あるごとに説いてきたつもりだ。子供たちはそれを分かっている。少なくとも妙春はそう信じていた。

手習いに使った紙屑はともかく、石は……まあないとは言い切れぬとしても、蛙や蚯蚓の死骸とは――。

しかし、妙春が反駁《はんばく》する間もなく、大造は早口で語り継いだ。

「串刺しの棒は、木の枝を刃物で削った跡があったそうだ。生きたまま串刺しにしたか、死んだ後に刺したかは知らねえが……。どっちにしたって、ふつうの餓鬼のやることじゃねえ」

「おっしゃる通り、子供のすることではありません。だから……」

必死に割って入った妙春の言葉は、大造によって遮られた。

「俺は遠目にだが、逃げ去っていく人影を見た。形《なり》の大きな奴《やつ》だったよ。で、近所のもんにもいろいろ尋ねてみたら、ここに通っているそうじゃねえか。形の大きな博奕《ばくち》打《う》ちの倅《せがれ》ってのがよ」

「それは、金之助《きんのすけ》のことですね」

妙春は一人の子供を思い浮かべて答えた。年齢は十歳、父親の金弥《きんや》は博奕打ちの親分で、本人も餓鬼大将のような立場にある。いつも子分に等しい三人ほどの子供を従え、寺子屋からの帰り道もつるんでいたはずだ。

そして、今、薫風庵に通ってくる子供たちの中で、確かにいちばん上背も横幅もある。

「ですが、今のお話ですと、金之助がものを投げ入れたのを見た人はいないようですが」

「はっきり顔を見たもんはいねえってだけだよ。俺は後ろ姿を見ているし、近所の連中の中には、その博奕打ちの倅と仲間たちが、別の餓鬼ども二、三人と取っ組み合いをしてるのを見た奴もいた。そういうことをしかねない餓鬼なんだろ」

無言になった妙春に代わって、蓮寿が答えた。

「金之助のことなら、私も知っていますけどね。乱暴者かどうかって訊かれりゃ、そうでしょうよ。金之助が取っ組み合っていた相手は、おそらく善蔵《ぜんぞう》とその仲間たちでしょう。善蔵というのは親が岡っ引きなものですから、善蔵と金之助はしょっちゅういがみ合っているんです」

「ふん、博奕打ちの倅が岡っ引きの倅に楯突《たてつ》こうってのかい」

大造は憎らしげに言い捨てた。

「けれど、乱暴者だからといって、他人《ひと》さまのお宅にものを投げ入れたかどうかは、本人に訊いてみなけりゃ分からないでしょう」

「蓮寿さまのおっしゃる通りです。大造さんは博奕打ちの倅とくり返されますが、博奕打ちの倅だから悪さをするというのは、偏った思い込みではないでしょうか」

蓮寿に続いて、妙春は大造の目をまっすぐ見据えて訴えた。それまでどうにかこうにか抑え込んでいたらしい大造の堪忍袋の緒が切れる。

「そう言うならなあ。すぐにその金之助とやらいう餓鬼に、やったかやってないか訊いとくれ。明日までなんて待てねえ。餓鬼の家は知ってんだろ。今すぐ訊いてこい」

妙春が行かないのなら、自分がその餓鬼の家へ乗り込んで、親と直談判してやると言い張る大造を、蓮寿が「まあまあ」となだめて帰らせ、妙春は金之助の家へ出かけていくことになった。

二

妙春は金之助の親をもちろん知っていたが、会うのはいつも薫風庵の学び舎であったから、金之助の家へは行ったことがない。また、半年ごとの束脩《そくしゅう》（謝礼）を納めに来るのはいつも母親なので、大造の話に出てきた博奕打ちの父親の顔は知らなかった。

「金之助の家へ行くの、一人で大丈夫かしらね」

蓮寿が妙春の顔をまじまじと見つめながら言う。一人で金之助の親と話をさせるのははなはだ不安だという眼差《まなざ》しであった。

「まあ、金之助の乱暴も今に始まったわけでなし、私が付き添いましょうかねえ」

蓮寿が言い出し、二人で出かける支度を始めようかとしていたその時、

「御免ください」

と、大造と入れ替わるように玄関先で声がした。

「おや、あれは勝之進《かつのしん》さんのお声」

と、蓮寿は心なしか浮かれた声で呟く。

勝之進とは、蓮寿がかつて妾奉公をしていた廻船《かいせん》問屋、日向屋《ひゅうがや》で用心棒をしている若者のことだ。苗字《みょうじ》は堤《つつみ》といい、用心棒を始めたのは数ヶ月前のことだが、日向屋からの依頼で、数日おきに薫風庵へもやって来る。体つきは小柄だが、剣の腕はなかなかのものなのだとか。

今の日向屋の主人は、先代の妾であった蓮寿とは関わり合いになるのを避けていたが、放りっぱなしというのも世間体が悪く、また何かをしでかされても困るというのか、今でもこうして人を送っては探りを入れてくるのだった。

「日向屋から参った堤です。何かお困りのことはありませぬか」

と訊かれても、お困りのことなどそうそうあるものでもなく、暇を持て余した蓮寿の話し相手を務めて帰るのが勝之進の仕事となっていた。

「そうだわ。勝之進さんについて行ってもらったらいい」

明るい声で言った蓮寿は、妙春がまだ何とも言わぬうちから、さっさと玄関口へと向かい、その場で勝之進に同伴を認めさせてしまった。

「事情は分かりました。妙春殿の行き帰りのお供でしたらお安い御用です」

勝之進は涼やかな表情で請け負った。

「ですが、堤さまは日向屋さんから、蓮寿さまのために遣《つか》わされたお方ですのに」

「その蓮寿殿からのご依頼ゆえ、妙春殿が気をつかわれることはありませぬ」

　勝之進がすかさず言い、「そうそう。勝之進さんの言う通りよ」と蓮寿も言うので、妙春は勝之進に伴われて、金之助の家へ出向くことになった。

　金之助の家は町の巽《たつみ》（南東）の方――薫風庵とは反対側にある。行きがてら、勝之進に問われるまま、妙春はつい先ほど、大造が薫風庵へ怒鳴り込んできた時の様子を語った。

「大変な目に遭われてお気の毒ですが、その大造さんを丸め込む蓮寿殿のご様子が目に浮かぶようですな」

　勝之進は軽い口ぶりで言い、おかしそうに笑った。

「はい。蓮寿さまはどんな方を相手になさっても、いつも上手にお話をなさって、ご自分の望まれた方向へ話を持っていかれます。わたくしにはとてもできません」

「まあ、あの方のご経歴によるのでしょう。妙春殿がああなろうとしたところで無理でしょうし、なられても困る」

　勝之進の物言いには遠慮がない。それでも、不快に聞こえないのは、目鼻立ちの整ったいかにも利発そうな白皙《はくせき》のお蔭《かげ》だろう。聞いたところでは、今年二十一歳だという。妙春は自分より三つ年下の勝之進が、うんと年下に思えることがあった。相手がその年齢にしては幼く見えるというのではない。自分の方が実際以上に年を取ってしまったように思えるのである。

「それより、私は妙春殿のお仕事ぶりに恐れ入りました」

「わたくしの仕事ぶりですか」

「お隣さんが怒鳴り込んできたのにも気づかず、お仕事に熱中とは——。大したものです」

「いいえ、本来の仕事ははかどっておりません。繕《つくろ》い物を忘れて、別のことを考えていたのですから」

「ですが、子供たちのための図形の問いを思案していたわけでしょう」

「はい。巾着に使う端切れを無駄にしてしまい、蓮寿さまもあきれておいでございました」

「妙春殿は本当に算法がお好きですな」

勝之進から感心したように言われると、気恥ずかしくなり、妙春は目をそらした。

「女だてらにと思われるでしょうが、幼い頃に親しんだものですから、算法について考え始めるとつい夢中になってしまって……」

「それで、『算法の鬼』というわけか」

「さ、算法の鬼?」

鬼とはあまりな言いようだと、思わず顔を上げると、

「はい。蓮寿殿がそうおっしゃっていましたが、おや、そう呼ばれていないのですか」

と、勝之進は首をかしげている。「要らざることを言ってしまったか」などと呟いているが、さほど反省するふうでもない。どんな問題を考えていたのかと勝之進が問うので、三角や四角の図形に円を入れた問題が子供には難しかったようなので、もっと簡単な問題に作り替えるつもりだったと、妙春はくわしく語った。すると、

「なるほど、さすがは算法の鬼ですな」

と、再び言われてしまう。勝之進の眼差しは称賛と皮肉の入り混じったものであった。

そうこうするうち、町の外れに建つ金之助の家へ到着した。周りを生垣で囲まれた堂々たる佇《たたず》まいの一軒家で庭も広い。生垣の切れ目から入っていくと、戸口へ到着する前に、派手な形をした若い男三人の出迎えを受けた。

「どちらさんですかい」

目の前に立ち塞がった男が、妙春を見下ろしながら問う。傍らの勝之進が先ほどまでの様子から一変、緊張をみなぎらせているのが分かった。

「わたくしはこちらの金之助さんを預かる寺子屋、薫風庵の妙春と申します。親御さんにお会いしに参ったのですが」

「坊のお師匠さんでござりましたか。これは失礼をいたしやした」

若い男たちは妙春の前から横へ退くと、今度は恭《うやうや》しすぎる態度で頭を深々と下げた。

その中の男が一人、先触れのため駆け出していく。

「坊のお師匠さまのお越しでごぜえやす」

仰々しい物言いで叫ばれたので、妙春は恥ずかしくなった。それでも、その一声があったためか、三和土《たたき》に立った時には、金之助の母親がそこまで出てきてくれていた。

「おや、先生。うちまでおいでになるなんざ、あの馬鹿が何かやらかしたんですか」

金之助の母おりきの第一声である。

「あの、金之助さんのことで参ったのは事実でございますが、息子さんは馬鹿などではございません」

「先生がそうおっしゃってくださるとはありがたいね。あの子もあたしだけの子供なら、もうちっとは頭がよかったんだろうけど、うちの亭主の血が入っちゃったもんでね」

　まったく悪びれず、おりきは言う。金之助は馬鹿ではないが、頭がよいと言うことも出来なかったので、妙春は黙っていた。

「ま、こんなところで立ち話もなんだ。先生、上がっておくんなさい。それで、そっちの浪人さんは先生の何なんです」

「わたくしにとっては、何ということもございませんが、蓮寿さまのお身内に関わりのあるお人です。今日は付き添ってくださいました」

「何ということもございませんって……」

　あははっと、おりきは声を上げて笑い出した。

「冗談でもいいから、あたしのいい人よとでも言うところだよ、先生」

　浪人さんもそう思うだろ――と話を向けられた勝之進は、さすがに目を剝《む》いている。

「ほら、浪人さんも先生から何ということもないなんて言われたから、萎《しお》れちまったじゃないか」

「わたくしは尼でございますので、それは口にしてよい冗談にはならないかと存じますが……」

　妙春が真面目に答えると、おりきはあきれた眼差しをしたものの、もう何も言わなかった。

真新しい畳が敷き詰められた十畳ほどの立派な客間に、妙春と勝之進は通された。前に座ったおりきを前に、妙春が事の経緯《いきさつ》を話すと、途中からおりきの表情が不機嫌そうになっていく。

「あの、わたくしは金之助さんがやったと思うわけではなく、疑われているので、事の次第を確かめたくて伺ったのですが」

「ああ、先生のご事情はよく分かりました。あの馬鹿に確かめりゃ済む話だ」

おりきは言うなり、ぱんぱんと手を打った。

「へえ、姐《あね》さん。何の御用でしょう」

いつから控えていたのか、すぐに襖《ふすま》が開いて、男が声をかけてくる。顔を伏せているので、それが先ほど庭で会った男の一人なのかどうかは分からなかった。

「すぐに金之助をここへ連れておいで。先生をお待たせするんじゃないよ」

「へえ」

男は小気味よく返事をし、すぐに襖を閉めた。待つ間、おりきは腕組みをしたまま目を閉じており、一言も口を利かない。

ややあって、どたばたという音がして、金之助が現れた。

「先生、どうしたんだよ」

驚いた顔で言う金之助に、妙春が返事をしようとしたその時、

「先生に向かって、何だい、その物言いは！」

いきなり、おりきの雷が落ちた。

「それから、廊下を歩く時は静かにしなって言ってるだろ。何度言っても分からない子だね」

「あ、ああ。ごめんよ、おっ母《か》さん。でも、先生が来てるから急げって言われたんで」

金之助は言い訳がましく言い、母親の隣にきまり悪そうな表情で座った。

すると、おりきは膝を金之助の方へ向け、何と、懐から短刀を取り出すや、それを畳に置いた。金之助は息を呑《の》んでいる。

「あの、お母さま。そのお刀はいったい……」

妙春が驚いて声をかけたが、おりきは振り向こうともしない。

「金之助、いいかい。これからあたしの言うことに、『はい』か『いいえ』で答えるんだ。他の言葉はいらない。言い訳なんざ聞く耳も持たない。いいね」

「わ、分かった」

金之助はごくりと唾を呑んでうなずく。

「今日、薫風庵のお隣さんのお宅に石が投げ込まれたそうだ。お前がそれをやったのかい？」

「えっ……？」

予想もしていなかったという様子で、金之助は呟いたが、

「はいか、いいえで答えろと言ったろ」

再びおりきの雷が落ちた。

「いいえ！」

と、今度はすぐさま返事があった。

「なら、これまで、余所《よそ》さまのお宅に、石や生き物の骸を投げ込んだことはあるのかい？」

「ないよ」

「はいか、いいえ」

「いいえ！」

ほとんど叫ぶような調子で、金之助が答える。

「さて、先生」

その時、おりきはようやく膝ごと妙春に向き直った。

「この子はこう言っている。あたしが先生に力を貸せるのはここまでですよ」

「あ、あの、もう少しくわしいことを……」

「やってないと言う倅に、これ以上何を訊こうって言うんです」

おりきは淡々と、有無を言わせぬ口調で告げた。

「この刀、どういうことかとお尋ねでしたね」

今さらのように、おりきは言い出した。

「これは、命を懸けて返事をしろってことですよ。後で嘘《うそ》を吐《つ》いたと分かったら、これで死んでもらう。もし金之助が四の五の言って死ななかったら、この子を刺して、あたしも死ぬ。あたしは本気でやりますよ。半端なことは嫌いなんでね。それはこの子も分かってるはずだ」

おりきから目を向けられた金之助は、ぶんぶんと首を縦に動かした。

「そこまでの覚悟を持って、嘘を吐くことが、この馬鹿にできると思いますか、先生」

おりきからそう問われ、妙春は「……いいえ」と答えるしかなかった。

「さ、先生のお帰りだよ。お見送りしな」

おりきの言葉に、襖が開かれ、若い衆が現れる。気を呑まれたまま、妙春は勝之進に付き添われ、帰路に就《つ》いた。途中、大造の家へ寄り、金之助の家でのことを報告したが、相手からは苦い顔を見せられただけである。

「ま、今日の次第は分かった。けど、下手人の子供は見つけ出してもらうよ」

大造の言葉には、「はい」と答えるしかなかった。

三

翌朝、父母の位牌《いはい》を前に、朝の読経《どきょう》を終えた妙春は、子供たちの前でする話の中身を頭の中で思い返した。子供たちに正義を教え、偽りを口にする愚かさを伝えなければならない。

昨日のおりきは見事だったと思う。おりきはおりきなりのやり方で、息子に真実を言わせた。

とはいえ、あれは恐怖で人の心を操る方法だ。頭ごなしに駄目だと言うつもりはないが、かといって、あれしか方法がないと思うわけでもない。また、自分にはおりきのような真似《まね》ができるとも思えず、別の方法があるはずであった。

（父上）

父の位牌の前に手を合わせ、妙春は目を閉じた。

（わたくしに力をお貸しください）

祈りの言葉を胸に呟き、目を開けようとした時であった。

「先生、大変だあ」

男の子の声と一緒に、外の戸をどんどんと叩く音がする。

「あの声は金之助……？」

嫌な予感がした。寺子屋の始業とされる五つ（午前八時）にはまだ半刻（約一時間）ほどの間がある。早く学び舎に来る子供もいたし、金之助が早く来たからといっておかしなことではないのだが、昨日のことがあったから気にかかる。

（もしや、昨日はつい嘘を吐いてしまったと、白状しに来たのでは……）

あり得ないことでもない。恐怖ゆえに真実を言ったと思い込んでいたが、恐怖ゆえについ嘘を吐いてしまうことだってあるだろう。

「どうかしましたか」

妙春は玄関へ急ぎ、戸を開けた。

「大変だよ。寺子屋の前で男の人が倒れてるんだ」

慌てふためく金之助が告げたのは、思ってもみないことであった。

「男の人が倒れているって」

気がつくと、すぐ後ろには蓮寿がいた。金之助の騒がしい声を聞き、様子を見に来たということのようだ。

それから三人で急いで寺子屋に使われている学び舎の前まで行った。確かに、二刀をさした浪人と見える男が倒れている。男の頭の辺りにしゃがみ込んでいるのは、金之助と同い年の善蔵であった。

昨日、大造との話の中にも登場した善蔵は、岡っ引きの倅で、金之助とは仲が悪い。金之助がある種の少年たちの餓鬼大将なら、善蔵もまた、それとは違う少年たちの餓鬼大将だ。

しかし、日頃、いがみ合っている間柄でも、大人の男が倒れているという非常事態を前にして、思わず力を合わせてしまったということなのか。

「あなたたちがこの人を見つけてくれたのですね」

妙春が金之助と善蔵を褒《ほ》めるつもりで尋ねると、二人とも互いに顔を合わせようとはせず、返事もしない。二人で一緒に何かをしたと認めるのが嫌なのだろうか。

「他の寺子はまだ誰も来ていませんか」

別のことを尋ねると、善蔵が口を開いた。

「俺と一緒に来た三四郎《さんしろう》と千代吉《ちよきち》が、近くの家に知らせに行ってます。男の人に来てもらった方がいいだろうって」

「ここは女手しかないからねえ。善蔵、あんた、気が利くじゃないの」

蓮寿が褒めると、善蔵はにこっと嬉しそうな笑顔を見せた。一方、金之助はそれが気に食わないという様子で、ふんとふてくされている。

「この人、あんたたちが声をかけても、返事しないのかい」

蓮寿が問うと、今度は善蔵より先に金之助が口を開いた。

「俺が最初に見つけたんだ。呼びかけても肩を叩いても返事がなくってさ。でも、心の臓の音はしたんだ。で、もし頭でも打ってたら、下手に動かさない方がいいと思って」

「うんうん。金之助、あんたもえらく気が回るようになったじゃないの。しばらく見ないうちに賢くなっちゃって」

蓮寿の言葉に、金之助はへへんと照れくさそうに鼻をこすっている。

善蔵も金之助も、蓮寿の前では本当に素直な子供に見えた。自分の前ではこんな顔を見せてくれたことはないと思う。

どうしてなのだろう。

ただ単に、蓮寿との付き合いの方が長いから、とは言えない気がする。蓮寿が子供たちに教えていたのはほぼ一年、妙春がここへ来てからもちょうど一年。それぞれ子供たちと密接に関わっていた期間はあまり変わらないのだ。

ほどなくして、近所の男たちが三四郎と千代吉と一緒に、あたふたとやって来た。その中には隣家の大造もおり、さらに誰かが気を利かせたらしく、近所の医者もいた。まずは動かす前に、医者に診てもらおうということになり、妙春たちは倒れている男から離れた。

「ま、脈はしっかりしているし、大事はなかろう。体が冷え切っているので、少し温かくして休ませてやりなされ」

気を失った理由は分からないので、本人が目覚めるのを待つしかないという。では、どこでこの男を休ませたらよいのかと、そこにいる者たちで男の顔を確かめたが、知り合いだと言う者はいなかった。もちろん、見知らぬ男を自分の家へ引き取ろうと言い出す者もいない。

「薫風庵の敷地の中に入り込んでたんだから、ここを訪ねてきたんだろうて。蓮寿さん、おたくの知り合いじゃないのかね」

大造の言葉に、蓮寿は首をかしげてみせる。

「さあねえ。こんな若くていい男は、一度見たら忘れないと思うんだけど」

「もしかして、蓮寿先生が昔付き合ってたいい人なんじゃねえの」

茶々を入れたのは金之助だ。

「いやいや、この浪人さん、まだ三十路《みそじ》にもなってないだろうよ。倅さんでもおかしかない」

医者が手を横に振り、その場にいた男たちはどっと笑った。緊張していたその場がやっと和《なご》む。

「まあ、目を開けてくれれば分かることだ。ここで倒れていたのも何かの縁。取りあえず、薫風庵で預かろうじゃありませんか」

蓮寿が言い、駆けつけた男たちの手で、謎の浪人は庵の方へ運ばれることになった。老人の大造は運び役の中には加わっていない。その目がじっと金之助に向けられていることに、やがて妙春は気がついた。

下手人を見つけて、その子供にきちんと反省させるには、今日の話のもっていき方が重要になる。妙春は心を引き締めた。

金之助や善蔵たちを学び舎に入れた後、いったん住まいの庵へ戻った妙春は、浪人のことは蓮寿に任せ、教本を取りそろえた後、学び舎へ向かった。

朝五つの鐘が鳴った時には、二十人の寺子たち全員がそろっていた。

「おはようございます。今朝も皆さんの健やかな顔を見られたことを、御仏《みほとけ》に感謝いたします」

妙春は挨拶の後、合掌した。子供たちもその場で手を合わせる。しかし、この日、金之助は手を合わせなかった。

昨日の妙春の訪問を、自分が下手人と疑われたせいだととらえ、拗《す》ねているのか。先ほどの騒動の際は、そういう感じは受けなかったが、あれは非常事態だったためかもしれない。

妙春は金之助の態度には取り合わず、話を始めた。

「今日は皆さんに聞いてもらいたいお話があります。遠い昔、漢《かん》という国でのお話です」

こうして学びの前に講話をするのは寺子屋の日課である。本当は法話が望ましいが、毎日というわけにもいかないので、妙春は日々、話の種を探し求めていた。

ただ、妙春の話に、子供たちが目を輝かせたとか、大声で笑ったとか、はっきりと目に見える感動を見せてくれたことはない。蓮寿がかつて同じようなことをしていた時は、毎日笑いが絶えなかったと聞いているが……。

しかし、今それを思い悩んでも仕方ないので、妙春は準備してきた話を始めた。

「漢の国には、楊震《ようしん》という役人と、その人より地位の低い王《おう》という人がおりました。楊震はある時、王が立派な人物であると国の偉い人々に伝え、王を出世させてあげたのです。王は自分が出世できたのは楊震のお蔭だと思い、ある日の晩、楊震のもとを訪ねていきました。そこでお金を楊震に渡そうとしたのです。ところが、楊震はこれを断りました。どうして断ったか、分かりますか」

妙春はいったん言葉を置いた。子供たちの顔をゆっくりと順番に見つめていく。つまらなそうな顔、横の子供と突《つ》き合ってにやにやしている顔もある。しかし、いつもよりいくばくか興味を惹《ひ》かれたような眼差しもあった。その一つが善蔵だった。

「善蔵はどう思いますか」

善蔵と目が合った時、妙春は尋ねてみた。これまでそういうことがなかっただけに、子供たちは驚いたようであった。善蔵も同じ反応であったが、すぐに考え込むような表情になると、

「そのお金が賄賂《わいろ》だったからです」

と、答えた。

さすがは、岡っ引きの息子。賄賂という言葉も、それが何たるかも、知っているらしい。

「先生」

その途端、いちばん前の席に座っているおてるという少女が声を上げた。

「王さんが渡そうとしたのは、賄賂なんですか。賄賂って、自分がいい思いをするために、先に渡すお金のことじゃないんですか」

おてるは真面目で向学心もある子供だ。賢さと熱心さということでいうなら、この寺子屋一と言っていい。

「賄賂とは何か、という問いかけですね。おてる以外の皆も聞いてください。本来、お役人はどこの国でも、仕事をした功績によって出世していくものです。ところが、中には功績もないのに出世だけはしたいと望む人がいて、そういう人は力のある上のお役人に金品を渡してお願いすることがありました。この金品を賄賂といいます」

子供たちの顔のいくつかがうなずいたのを確かめ、妙春は先を続けた。

「さっきのお話で、王は出世した後で楊震にお金を贈ろうとしています。王はたぶんこう思ったのでしょう。楊震が自分を推《お》してくれたのは、賄賂をもらえると考えたからだ。ここで贈っておかなければ、自分はこの先出世させてもらえないかもしれない。逆に贈っておけば、また出世させてもらえるかもしれない、と」

おてるは大きくうなずいている。

「一方、楊震にもそういう王の考えは分かっていました。楊震が王を推したのはただその実力を認めたからなのに、賄賂を受け取れば、それはぜんぜん別のことになってしまいます。だから断ったのですが、王は『あなたがこのお金を受け取ったことは誰にもばれませんよ』と言いました。その時、楊震はこう言うのです。『天知る地知る我知る子《し》知る』――つまり、天の神様も地の神様も、わたしもあなたも知っています、と。これだけの者が知っているのだから、悪事は必ず露見するものだ、と」

妙春は再び子供たちの顔を見回した。

「わたくしは皆さんに、楊震のような大人になってほしいのです」

それから、妙春は大造から訴えられた話を、子供たちに伝えた。蛙と蚯蚓の骸が投げ入れられた話だけは、脅える子もいるかもしれないと考え、あえて除いてある。金之助はふてくされた表情のままだ。

「人は過ちを犯すものです。しかし、そのまま何もしないのと、己を省《かえり》みて謝罪するのとでは、天と地ほどの差があります。皆さんのしたことは天地の神が知っています。

そして、何よりあなた自身が知っているのです」

心当たりのある人は申し出てほしいと告げ、妙春は話を終えた。後は手習いが終わってから、申し出てくる者がいることを願うしかない。

自白であれ告げ口であれ、大勢の子供たちの前で申し出る者はいないだろうと踏んだからだが、意外なことにすぐ手が上がった。

「俺、誰がやったか知ってるぜ」

何と、言い出したのは金之助だ。

「どういうことですか」

「先生は俺のこと疑ってたけどさ、俺は見たんだ。石を投げたのは善蔵だぜ」

子供たちの口から、わあっという声が漏れる。大半の子供たちはその場の成り行きに昂奮《こうふん》しているだけだが、名を挙げられた善蔵だけは、怒りに顔を染めていた。

「俺はやってない」

善蔵はいきなり立ち上がると、言い放った。

「昨日は三四郎たちと一緒に帰ったんだ。俺がそんなことしてないのは三四郎たちが知ってる」

善蔵の言葉に、隣に座っている三四郎が「そうだよ。善蔵がそんなことするもんか」と大声で援護した。

「先生、こいつら、互いに庇《かば》い合ってるだけだぜ」

と、金之助が言い出し、学び舎の中は騒然となった。

「静かになさい。今の話については、後で金之助と善蔵、三四郎からしっかり聞きますから、いったん静まりましょう」

妙春の言葉に耳を傾ける子供はいなかった。善蔵に至っては座ろうともせず、そのまま金之助の席へ向かっていこうとしている。金之助もまた迎え撃つような格好で立ち上がった。

「お待ちなさい」

二人の子供たちの間に立ち塞がろうと、妙春が足を踏み出そうとした時、

「妙春先生っ！」

別な場所から金切り声が上がった。それが、それまでの誰の声より切実な響きを伴って聞こえたせいか、一瞬、学び舎の中が静まり返る。おてるが立ち上がっていた。

「あたしも見たんです。石を投げ込んだ人」

おてるは肩を怒らせて言う。

「後で先生にだけこっそり言おうと思ってたけど、嘘を吐いてる人がいるからここで

言います」

おてるは体ごと金之助の方を向くと、その顔を睨《にら》みつけた。

「金之助がやったんです」

「でたらめ言うんじゃねえ」

と、今度は金之助が怒鳴り返す。

「昨日だけじゃありません。石じゃなくて、紙屑を投げ入れたこともありました。だって、あたしの家にも投げ込まれたんだもん。金之助が手習いで書いたものだって、あたしには分かりました。その紙屑、まだ取ってあるから、先生にも見せてあげます」

「な、何だと。おてる、てめえ」

金之助はすごんでみせたが、その顔色は蒼《あお》ざめている。その様子は嘘を吐いていると見えなくもない。だが、昨日、母親の前で「いいえ」と答えた時の金之助は嘘を吐いているとは思えなかった。それとも、あの時は恐怖ゆえについ嘘を吐いてしまったのか。

妙春は金之助の心が読めず、混乱した。

そうするうち、おてるの申し出によりいったん静かになった学び舎が、再び騒然とした昂奮状態になり始めていた。

「先生はあたしと金之助、どっちの言うことを信じるんですか」

おてるはまるで追い詰められたような眼差しを妙春に向け、問いただしてくる。

もう学び舎の騒々しさは静まりようもなかった。

もうできない。自分にはこの場を収める方法が分からない。そう思った時、天の声が降り注がれた。

「まあまあ、あんたたち。いつにも増してにぎやかだこと」

顔を上げると、ふくよかな笑みを浮かべた蓮寿の姿が目に入った。

「蓮寿先生」

子供たちの口から、明るく素直な歓迎の声が上がる。中には救われたようにほっとした声もあった。

だが、一瞬の後、子供たちの顔には不審げな色が浮かんだ。

蓮寿の後ろに、背の高い見知らぬ男がいたからであった。

四

「その人、だあれ」

という子供たちの問いかけに、蓮寿は「私の古い知り合いの知り合いで、今朝、この学び舎の前で倒れていた人よ」と答えた。

「ええー、倒れてたってどうして」

「今は平気なの？」

「蓮寿先生のところへ来た人？」

子供たちは他の子供のことなどおかまいなく、次々に蓮寿への問いを浴びせかける。

「この方は城戸宗次郎《きどそうじろう》さんとおっしゃって、私を訪ねてきてくださったのだけれど、場所が分からなくて迷っているうち、お腹《なか》を空《す》かせてしまったんですって。ようやくたどり着いたはいいけれど、真夜中に声をかけることもできず、夜明けを待っているうち、あまりにお腹が空いていたせいで、気を失われてしまったの。今はお食事をなすったから、元気になられたのよ」

子供たちの問いに対して、蓮寿はそう答えた。城戸という浪人もその通りだとうな

ずき、

「城戸といいます」

と、子供たちの前で頭を下げる。

「ところで、私を助けてくれたお子がこの中にいるとのことで、蓮寿殿にご案内していただいたのだが、どのお子だろうか」

「ああ、その子ならね」

蓮寿が金之助と善蔵、三四郎、千代吉をそれぞれ引き合わせた。宗次郎は子供たち一人一人に「ありがとう」と頭を下げている。

そうしたやり取りの間に、子供たちはすっかり落ち着きを取り戻していた。

「それにしても、手習いをする時刻だというのに、あれだけ騒がしいのは考えものね。宗次郎さんも驚いていらしたわよ。いったい、何があったというの」

蓮寿が妙春と子供たちに問うた。

それについては、子供たちが妙春の方に目を向けるので、妙春が事の成り行きを蓮寿に語った。

「ふうん、つまり何人かの話が食い違っているというわけね」

何でもないことのように、蓮寿が言った。

「蓮寿先生はあたしのこと、信じてくれるでしょ」

すかさず、おてるが言った。

「蓮寿先生は俺を信じてくれる」

負けじと、金之助が言い、

「俺はやってない」

と、善蔵も言い出した。

「ああ、はいはい。あんたたちの言いたいことは、今、妙春先生からちゃんと聞いたから、いちいち言わなくてよし」

子供たちが騒ぎ始める前に、蓮寿が言った。

「話が食い違っているのは、よくあることよ」

と、蓮寿は続けて子供たちに向けて言う。

「だって、人によって見え方は違うし、覚えていることも違うのは当たり前。試しに、皆、今すぐに顔を伏せてごらん」

子供たちは互いに顔を見合わせたまま、すぐに顔を伏せようとはしない。

「ほらほら、ぐずぐずしない」

蓮寿から促されると、子供たちは一人、また一人と机の上に顔を伏せ始めた。

「それじゃあ、今から名を呼ばれた子は、顔を上げずに、私の問いかけに答えなさいね。まず、おてる。宗次郎さんの袴《はかま》の色は何色だった？」

「……えっと、黒かな」

おてるはずいぶん考えた末、自信なさそうに言った。

「ううん、紺だったかも」

続けて言い換えた時も、やはり自信がなさそうである。

「じゃあ、金之助。宗次郎さんの刀の鞘《さや》の色は？」

「え？　黒だったと思うけど」

「善蔵。宗次郎さんの袴の色は？」

「鼠《ねずみ》色……だったと思います」

続けて、蓮寿は子供たちを名指ししながら、宗次郎の小袖や袴や刀の色を問うていった。同じ問いを与えられた子供の答えはばらばらであり、子供たちもやがてそのことを悟ったようだ。

「じゃあ、最後に賢吾《けんご》ね。宗次郎さんの小袖と袴と刀の鞘の色は？」

最後だけ特別なのか、蓮寿はいっぺんに賢吾に尋ねる。賢吾は今年九つで、おとなしいが、学習にはあまり意欲を見せない子供であった。さらに、あちこちに物を置き忘れる癖があり、かつては遅刻も多かった。

「小袖は鼠色、袴は紺、刀の鞘は黒」

この時、賢吾はすらすらと答えた。しかも、それはすべて当たっている。

「それじゃあ、皆、顔を上げてごらん」

皆は顔を上げて、目をしばたたきながら、城戸の姿を見つめた。

「すごおい。賢吾、ぜんぶ合ってる」

「あたしは違ってた」

あたしも、俺も――と、子供たちはひとしきり騒いでいる。それが落ち着くのを待ってから、蓮寿は改めて口を開いた。

「合っていたか間違っていたかは、この際、いいからね。とにかく、同じものを見ても、人が覚えていることはばらばらだってこと。自分でしっかり覚えていたつもりでも違っていることはあるし、そうでなくても、正確だってこともあるの。だから、私も妙春先生も、誰かの言ったことをそのまま鵜呑《うの》みにしたりはしない。それは、誰を信じて、誰を信じないという話じゃないのよ」

子供たちはめいめいにうなずいていた。

「でも、ここのご近所さんの家に紙屑や石を投げ入れた者がいるのは確かな話。何人もの人がそう訴えているからね。ここの寺子たちが疑われているのも事実だし、そう思われるのも無理はないの。だって、投げ入れられた時刻がちょうどあんたたちの帰る頃だったから。でも、だからってあんたたちが下手人だって決めつけたわけじゃないのよ。ただ、話を聞きたいの。だから、この先、私や妙春先生から声をかけられたら、素直に応じること。もし前と違うことを言いたくなったら、意地を張らずに言い直しなさい。それは、恥ずかしく思うようなことじゃないんだから」

蓮寿の言葉には、何とも言えぬ力がある。本当にそうだと子供たちに思わせ、うなずかせてしまう力が――。それが何によるものなのか、言葉にすることが妙春にはできない。だが、自分が蓮寿と同じことを言っても、子供たちをうなずかせることはできないだろう。

「はい。それじゃあ、この話はいったんこれでおしまい。ここからは、皆、それぞれの手習いをしましょう」

蓮寿が手を叩いて言うと、子供たちは「はあい」と素直に返事をした。さあ頑張るぞという顔もあれば、いつもの作業に戻るのを残念がっている顔もある。だが、不満そうな顔は一つもなかった。乱暴な餓鬼大将の金之助も、その金之助といがみ合う餓鬼大将の善蔵も、あどけないと言ってもいいような表情を浮かべている。蓮寿の前ではこうなのだと思えば、妙春は自分が腑甲斐《ふがい》なくなる。取り立てて、子供たちから嫌われているとか、あからさまに反抗されているとは思わないが、それでも蓮寿とは違う。蓮寿のようには子供たちとつながっていないと思う。蓮寿のようには、子供たちから頼られていないと思う。

どうしてなのか。

それが分かれば、今すぐにでも改めたいのに。

「それじゃあ、私たちは庵に戻るから」

蓮寿はそう言い残し、宗次郎と共に去っていった。

「蓮寿先生、ごきげんよう」

「また来てね」

元気よく挨拶する子供たちの笑顔は屈託のないものであった。

その日の手習いが終わった後、妙春はあえて子供たちの誰かに声をかけることはしなかった。先ほどの大騒ぎの際、それぞれの言いたいことはもう十分聞いている。その中には嘘か勘違いがあるはずだが、今の今、訂正しようという気持ちにはなれないだろう。

蓮寿にも相談してから、今後のことを考えようと、妙春は子供たちが全員帰るのを待ち、庵へと引き揚げた。

蓮寿の居間には、城戸宗次郎と名乗った浪人もいた。

「城戸さまと申されましたか。もうすっかりよろしいのですか」

改めて挨拶を交わし、尋ねてみると、

「はい。妙春殿にも、今朝方はお恥ずかしいところを見られてしまい……」

宗次郎は照れくさそうに苦笑しながら答えた。子供たちに礼を述べている姿は実直そうに見えたが、こうして見ると、武士らしからぬ気安さも備えている。

「さっきは子供たちの手前、言わなかったんだけど、宗次郎さんったら、掏摸《すり》に有り金をぜんぶ取られちゃったんですって」

蓮寿が横から口添えする。

「有り金ぜんぶですか」

妙春は目を瞠《みは》った。腹を空かせて気を失っていたというのは、そのせいだったのか。北の方から江戸へ出てきて、町の賑《にぎ》わいに目を瞠っていたのはいいが、ひょいと立ち寄った茶屋で話しかけてきた旅人ふぜいの男がいたらしい。その後、相手の男が先に茶屋を去り、さて自分も茶屋を出ようとした際、懐を探ったら財布がなくなっていた。何でも、めずらしい鳥がいるとか空を指さされ、ちょっと気を取られた時に掏《す》られたようだと、後から思い当たったのだとか。それから、その男を捜して町中を走り回ったというが、見つかるはずもない。

「それで、お知り合いの蓮寿さまを訪ねてこられたのですね」

妙春が言うと、蓮寿と宗次郎はきょとんとなった。一瞬後、蓮寿は声を上げて笑い出した。

「ああ、知り合いの知り合いだっていう話ね。あれは嘘よ」

しゃあしゃあと言う。

「嘘って……」

つい先ほど、子供たちに正直であれと説いたばかりではないか。

「あら、私は正直が大切だなんて、一言も言ってないわよ。正直がいいのは当たり前。そんなこと、いちいち言われなくたって、子供たちも分かってるわよ。でも、人には正直になれない時がある。私はそれを受け容《い》れてあげるって言ったの。受け容れてあげるから、嘘や勘違いは言い直しなさいってね」

「ですが……」

子供がつい嘘を吐いてしまうのはともかく、子供たちから「先生」と呼ばれる者がそれでいいのだろうか。

　妙春が考え込んでいると、「固いこと言わないの」と蓮寿から軽く肩を叩かれた。

「宗次郎さんが見ず知らずの赤の他人って言えば、子供たちだって警戒するでしょ。それに、見ず知らずの他人の敷地に入り込んで、倒れていましたなんて、宗次郎さんの名誉にも関わる」

「それはそうですが……。でも、それでは、城戸さまは蓮寿さまにとって見ず知らずの方なんですか」

　改めて顔をまじまじと見れば、

「まことに恥ずかしながら」

　宗次郎ははにかむような笑顔を見せた。

「では、どうして薫風庵にいらしたのですか」

　しごく真っ当な妙春の問いに、宗次郎は困惑した表情を浮かべたのだが、

「そりゃあ、仏さまのお導きに決まっているじゃないの」

　と、蓮寿は堂々と答えた。

「それが、こちらの敷地へ入ったことをまったく覚えていないのです」

　恐縮した様子で、宗次郎が言い添える。

「それこそが、仏さまのお導きとご加護の証《あかし》じゃありませんか」

蓮寿は自信満々の表情で言った。

「だからね。宗次郎さんがお金を取り戻すまで、うちにいていいって言ったところなのよ」

「えっ、この薫風庵にでございますか」

妙春が目を見開くと、宗次郎がいっそう恐縮した表情になる。

「さすがにご遠慮するべきと思ったのですが、蓮寿殿のお優しさについ……」

「遠慮することはないのよ。うちは女所帯で不用心だから、用心棒が入用《いりよう》だと思っていたところなの」

蓮寿が宗次郎を庇《かば》うように口添えした。

「用心棒ならば、堤さまがおられるではありませんか」

「勝之進さんは日向屋の用心棒でしょ。私はね、うちを専ら守ってくれる用心棒が欲しいのよ」

蓮寿が口を尖《とが》らせて言い返した。こうなると、もう蓮寿を説得するのは骨が折れる。

「その、堤と申されるお方はいったい……」

宗次郎が遠慮がちに口を挟んだ。

「私の死んだ旦那の家が雇っている用心棒で、時折、様子を見に来てくれるのよ。目から鼻に抜けるような感じの若い男前でね。余計な一言が玉に瑕《きず》だけど。今度、宗次郎さんにも引き合わせるわね」

もう決まったことのように、蓮寿が言う。

「何よ、不服そうね」

口を尖らせたまま、蓮寿が妙春に目を向けて言った。

「いえ。ですが、そうなれば日向屋さんのご意向も聞かなければならないでしょうし、あちらのご主人が承知なさるでしょうか」

「あそこの若旦那が何を言っても、気にすることなんか、ありゃしない」

先代の妾だった蓮寿は、今の日向屋の主人を軽んじているところがある。

「若旦那ではなく、今ではれっきとした旦那さんです。薫風庵のかかりは日向屋さんから出ているのですから、あちらの意向を無視するというわけにもいきませんでしょう」

「なら、宗次郎さんがうちにどうしても入用な人だって、あちらに分からせればいいんでしょ」

蓮寿はそう言うなり、「宗次郎さん」と向き直った。

「先ほどお話しした通り、うちの寺子屋はご近所へ迷惑をかけた疑いをかけられ、下手人も見つからず、困っています。下手人が子供なら反省させなきゃなりませんし、そうでないなら、疑念を晴らして子供たちの名誉を守らなけりゃいけない。宗次郎さん、この一件をどうにかなさい」

「私がですか」

宗次郎も驚いている。

「うちの用心棒になりたかったら、役に立つところをお見せなさい」

宗次郎は用心棒になりたいなどと一言も言ってはいないだろう。しかし、寺子たちが蓮寿の言葉を素直に聞き容れるように、大人の宗次郎もまた、蓮寿に逆らおうなどという考えは浮かびもしないようだ。

「分かりました。そういうお話であれば——」

と、何やら思案している。

「先ほどの騒ぎで名の挙がっていた子供たちの話は、蓮寿殿より大体お聞きしました。金之助、善蔵、おてる——重要なのはこの三名でしょう。金之助と善蔵の仲間たちもいるようですが、この際、二人に絞ってよいようです。金之助は善蔵がやったと言い、善蔵はやっていないと言っている。そして、おてるは金之助がやったのを見たと言う。

そういうことでよろしかったですな」

　それまでの遠慮がちな様子とは異なり、宗次郎の物言いは力強さを感じさせた。妙春が「はい」と答えると、

「善蔵とおてるの発言は嚙み合っているので、まずは金之助と話をすることが大事でしょう。金之助の発言に間違いがあると分かれば、すべて解決する」

　と、宗次郎はさらに言葉を重ねた。

「ですが、金之助は昨日、母親の前でやっていないと言いました。その言葉に偽りはないと見えたのですが……」

　妙春は、金之助を厳しく問い詰めた母おりきの様子を話して聞かせた。

「母親が怖くて、その場ではつい嘘を吐いてしまった。それを取り繕うために、さらなる嘘を重ねたということはありませんか」

「それは……」

　ないとは言えない。現に妙春自身、そう疑っていたのである。ただ、昨日の金之助の言葉に嘘がないと思ったのも事実なのだが……。

「善蔵とおてるについて、妙春殿はどう思われますか。嘘を吐くような子供だと？」

「いえ、二人とも正直な子供たちだと思います。特に、おてるは――」

「分かりました。では、こういうことは時を費やさない方がいいですから、今から私を金之助に会わせてもらえませんか」

突然、宗次郎は言い出した。

「今からって、金之助の家へお行きになるということですか」

「その通りです」

すっかりやる気になった宗次郎の様子に、蓮寿は、ほほほっとあでやかな笑い声を上げた。

「まあまあ、宗次郎さん。あなたはさっき、米櫃《こめびつ》を平らげたからいいだろうけど、妙春にも昼餉《ひるげ》を食べる暇くらいあげなくちゃね」

宗次郎ははっとなると、

「まことに、おっしゃる通りで」

と、再び恥ずかしそうな表情に戻って言った。

「じゃあ、妙春は急いで昼餉を摂《と》ってしまいなさい。それから、宗次郎さんを金之助の家へ案内すること。金之助との話は二人だけでした方がいいのかしらね」

「はい。金之助の本音を聞き出すにはそうしていただきたく」

「じゃあ、妙春は案内だけしたら、今日は戻ってきなさい。後は、宗次郎さんのお手並み拝見ね」

楽しくてたまらないという様子で、蓮寿は言った。

五

「先生、連日のお越しとは、あの馬鹿がまた何かやらかしたんですか」

宗次郎を案内して、再び金之助の家を訪ねると、おりきが出迎えてくれたものの、昨日よりは表情が強張《こわば》っている。昨日の話ならもう御免だ、と言いたい様子がありありとうかがえた。

「いいえ、例の一件ではなく、今日はこちらの方が金之助さんとその親御さんに改めてお礼を申し上げたい、とのことで」

前もって取り決めていたように、妙春は話を持っていった。金之助の家で受け容れてもらえるよう、宗次郎が金之助に助けられた礼を述べに来たという体《てい》を繕《つくろ》ったのである。

その話は何も聞いていなかったらしく、おりきはくわしい経緯を聞くと、顔をほころばせた。

「おや、あのろくでなしがそんなことをしたんですか」

口とは裏腹に嬉しそうである。

「できれば、金之助殿にも改めて礼を申したいのですが」

宗次郎の申し出もあっさり受け容れられ、上機嫌になったおりきからは、

「昨日のご浪人さんと違うお方を連れてらっしゃるから、先生ったら隅《すみ》に置けないなって思ってたんですよ」

などとも言われた。冗談で返さなければならないところなのだろうが、生憎《あいにく》、どう返せばいいのか分からない。

「それでは、わたくしはこれにて」

と言って頭を下げると、おりきは苦笑を浮かべたものの、「ご丁寧にどうも」と返事をした。

妙春は宗次郎を残して、先に薫風庵へ戻り、蓮寿と共に宗次郎の帰りを待った。

「宗次郎さんって、本当にいい男よねえ」

八つ刻《どき》に出された柏餅《かしわもち》を食べながら、蓮寿はうっとりと言う。

「はあ」

妙春は改めて宗次郎の顔を思い浮かべ、そういえば、優しげで人好きのする感じの

人だったかと思い至った。気を引き締めている時はともかく、ふだんの様子からはあまり凛々《りり》しさは感じられない。よく言えば慕われやすい風貌だが、悪くいえば柔弱そうにも見える。恥ずかしそうに笑う顔など、おそらく自分より年上なのだろうが、初々しささえ残していた。

柏餅の餡《あん》を味わいながら、そんなことを考えていたら、

「宗次郎さん、二十八なんですって」

と、訊いてもいないことを教えられた。

「もちろん年相応に立派に見える時もあるんだけど、気を許すと、子供みたいな顔も見せるのよね。かわいい人だと思わない？」

「いえ、特には」

妙春は餡を飲み込み、首を横に振った。

「この柏餅は美味《おい》しゅうございますね。どちらのお店のものでございますか」

菓子の話をしかけても、「さあ」と蓮寿は上の空である。そして、再び話を男のことへと戻し、

「勝之進さんもかわいいんだけど、あの人は純粋な子供。子供ゆえの残酷さもまだ残している。けれど、宗次郎さんはそういうところはすでに通り越しているのよね。だ

から、優しいのよ」

などと言い出した。

「堤さまが残酷でございますか」

宗次郎のことより、勝之進への発言の方が気にかかって、妙春は訊き返した。

「勝之進さんが残酷なことをすると言っているわけじゃないのよ。けれど、子供って残酷なところがあるでしょ。それは分かる？」

ふと、昨日の大造の話が思い出された。蛙や蚯蚓を串刺しにして平気な子。そんなことをする子供が本当に薫風庵にいるのだろうか。

いやいや、そんなことがあるはずはないと頭に浮かんだ考えを振り払い、それとは別の子供の残酷さについて思いを馳《は》せる。

「大人ならば遠慮して言葉を控えるところ、相手を傷つけるようなことも言ってしまう、ということであれば――」

と、妙春は思い当たることを答えた。

蓮寿先生のことが好き――と無邪気に言う子供たちはいつ「妙春先生のことは嫌い」と言い出しても不思議ではない。

「そうね。別に悪気はないでしょうけど、勝之進さんの言葉には何気ない棘《とげ》が含まれていることがある。本人はそれで相手を刺しているとは気づいてないんでしょうけどね」

そういうことはあると思ったので、妙春は黙っていた。

「ま、だから、私としては勝之進さんより宗次郎さんかしら。もっとも、勝之進さんが年を取って、もう少し大人になれば分からないけど」

「何が、堤さまより城戸さまなのですか」

「だから、人にお勧めしたい、推したい男ってことよ」

話の分からない人ね――と、蓮寿はやきもきしている。

「なるほど。楊震が王を推した話と同じことですね。蓮寿さまが推したところで、城戸さまが賄賂を差し出すことはないでしょうが……」

「はあ？　妙春、お前ときたら何の話をしているのよ」

「『後漢書《ごかんじょ》』にある『楊震伝』の話ですが」

と、言いかけたものの、子供たちの前で聞かせた話を、蓮寿に披露することは生憎叶《かな》わなかった。

「遅くなりました」

と、その時、宗次郎が戻ってきたからである。

「はっきりいたしましたよ」

と、宗次郎は少年のようなひたむきさで言った。

「結論から申しますと、金之助は母親の前では嘘は吐かなかったが、善蔵を陥れたくて学び舎では嘘を吐いた。こういうことになります」

「それでは、金之助はやっていない、善蔵もやっていない、ということになります。ならば、おてるが嘘を吐いていたということなのですか」

いちばんあり得ない話だと思いながら、妙春が身を乗り出すように問うと、

「まあ、順を追ってお話しいたしますので」

と、宗次郎からたしなめられてしまった。

「それにしても、あの金之助からどうやって真実を聞き出したの」

蓮寿が興味深そうに訊く。

「壺《つぼ》ふりをしたんです」

あっさりと宗次郎は答えた。

「博奕打ちが賭け事でやる、賽子《さいころ》を使った勝負のこと?」

「はい。よくご存じで」

宗次郎の返事に、「あらまあ」と蓮寿は笑い出した。

「宗次郎さんって奥が深いのねえ。私が見込んだだけのことはあるわ」

「まあ、先方の家が家ですから、道具はそろっていましてね。初めにこういう取り決めをしました。私が勝ったら、金之助は正直にすべてを話す、と――」

「宗次郎さんが負けた時は？」

「金之助は嘘を吐いていないと、私が先生方を説き伏せることを約束しました」

「それで、もし金之助が下手人だったなら……」

いいように利用されたことになってしまうではないか。だが、言いかけた妙春の言葉は、

「まあ、いいじゃないの。宗次郎さんが勝ったんでしょ」

という蓮寿の言葉によって封じられてしまった。

「おっしゃる通り、私が勝ちました」

「何か、仕掛けでもしたの」

「いいえ、それはさすがに。道具はあちらのものでしたし。しかし、丁半の賭けは見込み半分ですからね。私はそれに賭けたんです」

「ですが、負ける見込みとて半分あったはずですが」

思わず妙春は言ったが、「私はそれでもよかったんです」と宗次郎はあっさり言っ

た。

「今まで嘘を吐いていたとしても、金之助は嘘を吐き通せるような子ではありません。あの子は真っ当な子供ですよ。万一壺ふりで負けた時には、うまく話を持っていき、金之助に本音をしゃべらせるつもりでした」

　結果として勝負は宗次郎が勝ち、金之助は負けたことには悔しがったものの、話の真相はすぐに打ち明けたという。

「金之助は、紙屑をご近所の家に投げ込んだことはあったそうです。だから、自分の家にも紙屑を投げ込まれた、というおてるの言葉は本当だったんですね。その証の紙屑を先生に見せると言われて、金之助は焦ったそうですよ。ただし、他のものを投げ込んだことは一度もないそうです。金之助の母親が直《じか》に迫った時、こう訊いたそうじゃありませんか。『石や生き物の骸を投げ込んだことはあるか』と――」

「それらを投げたことはないから、金之助ははっきり『いいえ』と答えたのですね」

「そのようです。それは真実だから後ろ暗いところもない。実際、あの母親の前で嘘は吐けないそうですよ。後でばれると、本当に殺されると脅えていましたから」

　その言葉に嘘はないだろうと、妙春も思った。

「そうなると、紙屑の件では金之助に謝らせなくちゃいけないね」

　蓮寿が話をまとめるように言い、宗次郎はおもむろにうなずいた。

「はい。それは謝ると言っていました。父親と母親にも自分から話すと言っていましたよ」

「善蔵を陥れようとしたことについてはどうでしょうか」

　妙春が続けて問うと、宗次郎はやや困惑した表情になる。

「それについては、おてるが嘘を吐いたことを謝ったら、自分も善蔵に謝ってもいいと言っていましたね」

「おてるが嘘を……」

　石を投げ入れたのは金之助ではない。それなのに、その罪も金之助にかぶせようとした。ただの勘違いで金之助と見間違えたのか、それとも金之助を陥れようという企みをもってしたことなのか。

「まあ、おてるは善蔵にほの字だからねえ」

　その時、蓮寿が切なげな溜息を漏らして言った。

「やはり、そうでしたか」

　と、宗次郎がそれに続く。

「どういうことですか。ほの字って。それに、どうして城戸さまが『やはり』などとおっしゃるのですか」

おてるとも善蔵とも今日会ったばかりなのに。ましてや、二人と顔を合わせていたのはほんのひと時でしかないというのに。

「金之助がやったと、おてるが言い出したのは、金之助が善蔵を下手人と言い出した後のことだからですよ」

宗次郎は当たり前のように言い、蓮寿はうんうんとうなずく。

「誰だってすぐに分かることよ。あ、でもね、宗次郎さん。この子にそういうの求めても無理無理だから」

無理無理とくり返して、蓮寿は手をひらひらと扇のように振る。

確かに、自分はおてるの気持ちにまったく気づかなかった。言われればそうかもしれないとは思うものの、今でも本当だろうかと疑問は残る。

いずれにしても、そんなことは尼の自分に不要のものだ。むしろ、備わっていたら煩わしいだけではないか。そう自分の心をなだめていたら、

「それじゃ、次は妙春の番ね」

と、蓮寿から話を向けられた。

「わたくしの番とは――？」

「おてるから真相を聞き出すことに決まっているでしょ。宗次郎さんがここまでやってくれたってのに、お前が何もしないわけにいかないじゃないの」

そう言われると、「分かりました」と言うしかなかった。

「宗次郎さんがこの庵にいられるかどうかという瀬戸際なんだから。しっかりやってちょうだいよ」

蓮寿から気合を入れられてしまった。

この一件の解決がいつの間にやら、宗次郎が薫風庵で雇われる条件と化している。まだ、そんな話は何一つ決まっていないというのに。

だが、蓮寿には日向屋の主人をうまく丸め込み、己の望みを通してしまいそうな勢いと力がある。それに突き動かされるかのように、妙春はおてるに心を開かせる方法を考え始めていた。

六

翌日、妙春は朝五つに子供たちの前に立っていた。いつもの挨拶を終えた後、「先生」とおてるが声を上げた。

「昨日のお武家さまはまだいらっしゃるんですか」

「はい。庵の方にいらっしゃいます。もしお話をしたいのならば、手習いが終わってから出向いてもかまいませんよ」

「別に、そういうわけじゃないけど……」

と、おてるは何となく照れくさそうな表情を浮かべている。

「昨日、城戸さまもおっしゃっていましたが、あの方を助けたのは、金之助と善蔵、三四郎、千代吉の四人でした。本当にお手柄でしたね」

妙春の言葉に、子供たちがざわつき出す。金之助は「まあな」と得意げに鼻をこすっているが、他の子供たちの称賛の目を受け、嬉しそうであった。

「四人があの方を見つけたのは早朝のことでした。皆さんはこういう言葉を知っていますか」

そう言って、妙春は用意してきた半紙を開いてみせた。

「彼は誰」

と、書かれている。

「とても難しい読み方をするのですが、分かる人はいますか」

子供たちは首をひねるばかりで、自信を持って答えられる者はいなかった。

「かはたれ、と読みます」

妙春はそれぞれの字に指を当てながら答えを告げた。

「『彼』は、少し離れたところにある人やものを指す時に使います。つまり『あの人は誰なの』というような意ですね。人や物がはっきり見えない明け方のことを『かはたれ』時と言うのは、ここからきています。また、これを見てください」

そう言って、妙春はもう一枚、別に用意してきた半紙を開いた。

「誰そ彼」

と、書かれている。

「たれそか！」

今度は金之助が大声を張り上げた。他の子供たちもうなずいている。

「残念。確かに先ほどの読み方を使うと、『たれそか』になるのですが、今度は『たそかれ』と読みます。『誰なの、あの人は』という意ですね。『たそかれ』時とは、夕方の薄ぼんやりした時刻のことを言います」

明け方と夕方、いずれも陽《ひ》の光がうっすらとしている頃、確かに人や物の輪郭がはっきり見えないことがあると納得したのか、こくこくとうなずいている子供もいる。

「これらの言葉はとても古い頃から使われていて、今から千年ほども前に作られた

『万葉集』という歌集にこんな歌があります」

妙春はさらに半紙を継ぎ合わせて書いてきた歌を、子供たちの前に示した。

あかときの　かはたれどきに　島かぎを　こぎにし船の　たづき知らずも

「『あかとき』は『暁《あかつき》』の古い言い方、『島かぎ』は『島かげ』のことを言います。明け方のものがよく見えないかはたれ時に、島かげを漕《こ》いでいった船はどこへ着くとも知る術《すべ》がない、と心細い思いを歌ったのですね。ものがよく見えないかはたれ時の風景に、これから先のことを不安に思う気持ちを重ねているのです。皆さんも、明け方や夕暮れの景色の中、ぼうっとかすむ人影を見れば、お父さんやお母さんかなと思っても、もしかしたら違うかもしれない、と心細くなったりしないでしょうか。この歌は、そういうはっきりしない不安な気持ちを詠んでいるのです」

子供たちは大方、感じ入ったような表情を浮かべていた。

「それでは、今日は『かはたれ』と『たそかれ』を皆で一緒に書いてみましょうか。漢字の書ける子は漢字で書いてみましょう。歌が書けると思う人は、一首丸ごと写してみてください」

そう言って、子供たちの前方の壁に、書いてきた紙をそれぞれ貼り付けた。ここの壁はこれまでも幾度か紙を貼り付けては剝がしてきたので、その跡がついている。

手本を貼ってから、ちらとおてるの手もとに目をやると、「彼は誰」「誰そ彼」は書き終わり、早くも歌の筆記に取り掛かっていた。

さらにもう少し待ち、全員が手を動かし始めたのを確かめてから、

「それでは、皆さんの手蹟《て》を順に見せてもらいます。何枚か書いた人はいちばん上手に書けたものを見せてくださいね」

と言い、妙春は子供たちの席を回り始めた。おてるの席に行くと、さっそく書き終えたばかりの歌をやや得意げな面持ちで見せてくる。

「『島』は難しいですが、よく書けていますね。仮名については申し分ありません。でも、三句目より後は、少し字が曲がってしまっているかしら」

「曲がって……？　そうですか」

おてるは納得がいかない様子で首をかしげている。当たり前だ。字は曲がってなどいないのだから。

「そうね、こういうふうにするとよいでしょう」

妙春はおてるの横に座り、新しい紙にさらさらと書き綴《つづ》った。

「見しかげは　誰そと知れる　たづきありしか」

「え……」

言葉が違うことに気づいたのだろう。おてるが小さな声を上げた。

「おてる」

妙春は呼びかけ、おてるの目をじっと見つめた。おてるは妙春が何か言わんとしていることを察したようだ。

「『かげ』というのは姿のことですね。そして『たづき』というのは、手立て、やり方のことなの。分かりますか」

語りかけながら「かげ」と「たづき」を指で示し、妙春は尋ねた。

――あなたが見た人の姿は、誰だとはっきり分かる手立てがあったのですか。

そう尋ねている。もう一度、『かげ』は「姿」、『たづき』は「手立て」だと念を押し、

「真昼でも、光の加減によっては、かはたれ時のように見えにくいこともありますからね。訊きたいことがあれば、声をかけてください」

妙春はそれだけ言うと、おてるのそばを離れた。おてるから呼び止められることはなく、妙春が振り返ることもなかったが、おてるの眼差しが強く自分の背中に当てら

れていることを、妙春は感じ取っていた。

その日、昼九つ（正午）になって寺子たちが帰った後、おてるは話があると言って学び舎に残った。いつもなら、妙春の顔をまっすぐに見つめてくるおてるが、この時ばかりはうつむいている。

妙春はおてるの話を聞き、おてるを家へ帰してから、庵へ戻って蓮寿と宗次郎に報告した。それから昼餉を挟んで今後のことを相談し、さらに蓮寿の外出を経て、その帰宅後にまた相談する。

それから、妙春が宗次郎に付き添ってもらい、大造の家を訪れた時にはもう夕刻になっていた。

大造に、子供たちから寄せられた話を告げ、宗次郎が金之助と勝負をして真実を語らせたことも正直に話した。その上で、今日おてるから聞いた話を付け加える。

「おてるはわたくしにこう申しました。『誰かが大造さんの家に物を投げ込むのを見たのは、本当です。でも、その物が何かはよく見えませんでした。実はその人の顔も見えなかったんです』と」

かはたれ時でも黄昏時《たそがれどき》でもなかったが、日の光の当たり具合で、そちらが暗くよく見えなかったという。

「そうかい。俺も人影は見たんだが、確かに顔は見ちゃいない。子供にしちゃ大きい、大人の男にしちゃ小柄って感じの後ろ姿を見ただけだ。金之助って餓鬼を疑ったのは、まあ、体の大きさと博奕打ちの倅だってことからの当てずっぽうだ。偏った思い込みと言われても、仕方ねえな」

今日の大造は、先日のようにかたくなではなく、自分の過ちを素直に認めた。

「けど、金之助って餓鬼は紙屑を投げ込んだことはあったんだよな」

「はい。そのことについては、おそらく本人と親御さんが謝りに伺《うかが》うと存じます」

「それは分かった。けど、そうなると、石を投げ入れたのは誰かって話だ。それが妙春さんとこの寺子じゃねえってなると、話は振り出しに戻っちまう」

大造は苦い表情になって言う。

「それに、腹が立ちはしたが、石ならまだいいんだよ。例の蛙や蚯蚓の骸を投げ入れたってのは、悪戯《いたずら》にしちゃ質《たち》が悪い。そういうことをする奴がこの辺をうろちょろしてるってのは気味悪いしな」

「そのことでございますが、蓮寿さまもこのままにはしておけないとおっしゃっておいでです。寺子たちの名誉のためにも、またこの町の平穏のためにも、下手人は見つけ出さなければならない、と。そこで、この城戸さまに薫風庵の用心棒となっていただき、この町を守りつつ下手人も見つけ出していただくことになりました」

と、妙春は蓮寿から言い含められてきたことをそのまま口にした。すでにこの話は日向屋の許しを得て本決まりとなっていた。つい先ほど、蓮寿が日向屋の店へ出向き、主人を口説き落としてきたのだった。

「城戸さんって、蓮寿さんの知り合いがよこしたって人だったっけ」

蓮寿が拵《こしら》えた作り事を、大造もそのまま信じている。そこはそのまま押し通すということになっていた。

「はい。その用事はもう済んだのですが、蓮寿殿がお困りだというので、ご依頼をお引き受けいたしました。私も仕える主人を持たぬ浪々の身の上。特に差しさわりはございませんので」

と、宗次郎が答えた。差しさわりがないというところは作り話ではなく、江戸へ出てきたのも何らかの仕事にありつき、金を稼ぐためだったという。用心棒か寺子屋の師匠か、と思っていたところ、いい仕事にありつけたというわけだ。有り金を掏られたのも、薫風庵へ入り込んで気を失ったのも、仏さまのお導きだと蓮寿は言っているが、それを宗次郎が信じているかどうかは分からない。

「用心棒ねえ。そりゃあ、まあ。ご浪人さんがお隣に住まって、この近隣を見回ってくださるのはありがたい話なんだけれども」

大造は宗次郎をまじまじと見つめながら、溜息を漏らした。

「ま、大方、蓮寿さんに気に入られたってとこなんだろうけどね」

大造は蓮寿の気立てをよく分かっている。

「しかし、城戸さん。蓮寿さんや妙春さんと同じ庵に寝泊まりなさるのかい」

「いえ、それはさすがにご遠慮いたしました」

宗次郎は真面目に答えた。

庵は風情のある茅葺《かやぶ》きにするなど、金をかけて建てられてはいるのだが、決して広い建物ではない。そもそも清貧をよしとする尼が広い家に住むのは似つかわしくないからだ。

「学び舎の物置きにされている一室を片付け、そこに寝泊まりさせていただくことになりました」

と、宗次郎は大造に微笑を向けて答えた。

「そうかい。まあ、不便はあるだろうが、城戸さんがそれでいいというなら、余所がとやかく言うことじゃねえ」

大造は言い、「それじゃあ、これからよろしく頼みます」と宗次郎に改めて頭を下げた。

「ところで、妙春さんよう。あんたはこの先も寺子屋の師匠を続けるんだよな」

大造からいきなり問われ、妙春は戸惑った。

「もちろん、そのつもりですが、何か」

思わず訊き返すと、

「いや、蓮寿さんならともかく、あんたには荷が重そうに見えたからさ。今度のことが解決できなかったら、もう寺子屋なんぞ辞めちまえって言うつもりだったんだよ」

と、大造はきまり悪そうに打ち明けた。

「まあ……」

「決して意地悪から言ってるわけでもねえんだよ。そりゃあ、寺子が悪さをしたんだって思い込んでいた時にゃ、あんたが舐《な》められてるからだと思ったし、腹も立った。けど、そこまで舐められてるなら、あんただってつらいだろうってね。親心から辞めろって言ってやるつもりだった。まあ、そこまで舐められてるわけじゃなくてよかったけどよ」

「……はあ」

そこまで舐められてはいない——と自信を持って言うことはできない。確かに石投げの下手人ではなかったが、金之助たちは紙屑を投げ入れる悪さはしていた。そして、それは蓮寿が寺子屋の師匠だった時にはやっていなかった悪さなのだ。

「精進いたします」

大造に向かって深々と頭を下げるしか、今はできることがなかった。

「私もできることがあれば、お支えいたします」

傍らで、宗次郎が一緒に頭を下げてくれた。

宗次郎をかはたれ時に見つけたのは、まだ昨日のことだ。それなのに、こうして隣で頭を下げてくれている人はもうずいぶん前からの馴染《なじ》みであるかのような錯覚さえ起こしてしまう。

宗次郎は北から来たという話だが、出身地を聞いてはいなかった。自分の故郷である秋田に近いのかもしれない。今は浪人だが、もともと浪人の家に生まれたのか、それとも自らの代で浪人になったのか、そういうことも聞いていなかった。言葉遣いに訛《なま》りはないようだが、北国の育ちというわけではないのだろうか。

「ま、頭を上げてくれや」

大造は最後は温かい声をかけてくれた。

「一件落着ってわけにゃいかなかったが、急《せ》いては事を仕損じるってな。こうして城戸さんとも縁ができたことだし、ゆっくりいこうや。近いうちに、酒でも持ってお邪魔するよ。妙春さんは下戸《げこ》だが、蓮寿さんはうわばみなんでね。城戸さんはどうなんで」

「私はまあ、ふつうかと」

「そりゃ、いい飲み相手ができたと、蓮寿さんが喜ぶだろうよ」

大造の言葉を受け、宗次郎は微笑《ほほえ》んでいる。改めて「ありがとうございます」と妙春が頭を下げようとすると、「ああ、もういい、もういい」と大造からうるさがられてしまった。

大造の家を出た時には、日はもう暮れかかっていた。

「黄昏時になってしまいましたね」

淡い薄明かりの中、連れ添う相手の顔ははっきりとは見えない。といって暗がりに沈んでいるわけでもない。そのあいまいにかすむ微妙な隔たりを、この時、なぜか妙春は心地よく思ったのであった。

第二話　大賢

一

「父上、わたくしにも問いを出してください」

お鶴《つる》は父の顔を見上げて訴えた。父は神戸図書《かんべずしょ》といい、秋田の久保田《くぼた》藩に創設された藩学（藩校）、明道館《めいどうかん》で算法方《さんぽうかた》の教授を務めている。

「これは、明道館で学ぶ子息たちに向けての問いだ。八つのそなたにはまだ難しい」

「ならば、鶴のための問いを、父上が作ってください。もっとたくさんの問いを解きたいのです」

「お鶴は頼もしいな。男子に生まれておれば、明道館で学べたのだが、惜しいことよ」

父は残念そうに言いながらも、顔は微笑《ほほえ》んでいた。

「習い事に身を入れるのはよいとして、女子《おなご》ならば歌とか琴などに興味を持つものと思っていましたが……」

母がのんびりとした調子で父に言う。

母はいつも穏やかで、どんなに深刻なことが起きても、切羽詰まった顔など見せたこともない大らかな人であった。あの事件が起こり、父がこの世からいなくなる時までは——。

「さすがはあなたさまの子。末はどんな娘に育つのやら」

微笑む母の前で、父もまた大らかに応じる。

「我が家に男子はおらぬゆえ、婿《むこ》を取らねばなるまいが、お鶴に釣り合う才ある男子を見つけねばな」

「それこそ、明道館に通われるご子息たちの中に、秀才の方がおられましょう」

「それもそうだ」

両親は声を合わせて笑っていた。

「算法の問いはどうなったのですか」

お鶴が父の膝をゆすって促すと、「済まぬ」と父は笑って、それから紙と筆を取り出し、そこに問題を記し始めた。

「籠《かご》の中に、鶴と兎《うさぎ》を共に入れたり」

父は問いを読み上げた。

「鶴と兎」

自分の名が入っていたことに、お鶴は喜びの声を上げた。

「うむ。元の問いでは雉《きじ》なのだが、ここは鶴に替えたのじゃ」

父は言わずもがなのことを言った。お鶴の喜びは目減りしてしまったが、かまうことなく、父は真面目な顔つきで続ける。

「合わせて百なり。足の数は二百七十二本なり。鶴と兎、おのおのの数を答えよ」

「はい」

父から渡された問いの紙を恭《うやうや》しく受け取り、お鶴は胸をわくわくさせて問題に取り組んだ。この手の問題に取り組んだのは、この時が初めてだった。

父はやり方を手取り足取り教えてくれたわけではない。初めはとにかく自分一人で考えてみよと突き放された。

お鶴も自分で考えるのが好きだった。解法を自力で思いついた時の、胸がどきどきするあの感覚は他の何ものにも代えがたい。

しかし、それで終わりではない。いったん答えを出した後、本当にこれでいいのか、この解法に落ち度はないのか。考えて考えて、いよいよ穴はないと納得した時の、腹の底から突き上げてくるような熱い喜び。

ああ算法とは何と面白きものなのかと、しみじみ思う瞬間だった。

そんな思いを知り初めた頃の、懐かしい父とのやり取りであった。

（この問いはどう考えたらよいのだろう）

お鶴は問いの記された紙を見つめて思案した。

鶴と兎、いずれも数が分からないのだから、とりあえず鶴の数を「甲」、兎の数を「乙」とする。

一方、それぞれの足の数は決まっている。

鶴が二本で兎が四本だ。

甲と乙を足せば百、甲に二を掛けたものと、乙に四を掛けたものを足せば二百七十二。

（そうだ。四角形を描いてみればいいのだわ）

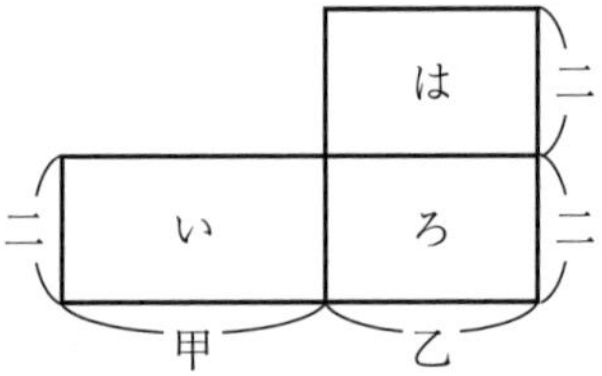

甲＝鶴の数、乙＝兎の数
甲＋乙＝百
い＋ろ＋はの面積＝二百七十二

長方形「い」の横を「甲」とし、縦を鶴の足の数「二」とする。

次に、別の長方形「ろ」の横を「乙」とし、縦は「二」とする。そして、「ろ」と同じ長方形「は」を「ろ」の上に重ねて置く。これで、両者を重ねた長方形「ろ＋は」の縦は「四」――すなわち兎の足の数となった。

三つの長方形「い」「ろ」「は」の面積の合計は、鶴と兎全体の足の数、すなわち「二百七十二」にならなければいけない。こうして、長方形「いろ」（縦は二、横は甲

＋乙＝百）の面積が「二百」となることから、「は」の面積が「七十二」であると突き止める。「ろは」の面積はその倍の「百四十四」だから、これを兎の足の数「四」で割って、「三十六」が兎の数となる。百からそれを引いた「六十四」が鶴の数だ。

お鶴が解き方を披露した時、父は「よし」と言っただけだった。よくやったとも、大したものだとも口にはしなかった。それでも、父の口もとに刻まれていた笑みのかけらを、お鶴は確かに見つけていた。

父はお鶴が問題を解いたことを喜ばしく思っていた。褒めてくれなくとも、それは分かる。

その後、父はお鶴の才を認め、算法を自ら教えてくれた。問題もたくさん与えてくれた。

解法が見つからず、お鶴が悩んでいる時、手を差し伸べて道筋を示してくれることはなかったが、その代わり、「負けるな、お鶴」といつも励ましてくれた。

そんな父を厳しい人だと思うことがなかったわけではない。

だが、後になって分かった。手を差し伸べようとしなかったのは、子供が自ら考える力をそがぬためだった。子供が自ら立ち上がる機会を奪わぬためであった。

父はおそらく、藩学の明道館で算法を教える時も、教え子たちに同じ態度で臨んでいたのだろう。父がとても厳しい教授だという噂《うわさ》は、お鶴の耳にさえ入ってきた。

(父上は間違っていない)

お鶴はそう信じていた。

あの事件が起きて、父がいなくなるまでは——。

そして、今——父が本当に間違っていなかったのかどうか、妙春尼となったお鶴には分からなくなっていた。


下谷にある薫風庵の学《まな》び舎《や》の前で倒れていた城戸宗次郎が、用心棒としてその学び舎で寝泊まりするようになって数日が経《た》つ。

廻船《かいせん》問屋、日向屋から堤勝之進がやって来たのは、五月半ばの梅雨の晴れ間であった。

勝之進は日向屋が雇っている用心棒で、ふだんは日向屋の店にいるのだが、数日に一度は薫風庵へ立ち寄るのを常としていた。この日は、妙春が金之助の家へ付き添ってもらった日以来のこととなる。

「勝之進さん、首を長くして待っていたのよ」

蓮寿は大喜びで勝之進を招き入れ、宗次郎に引き合わせた。宗次郎の件は日向屋でも承知しており、勝之進も知っていたが、二人が顔を合わせるのは初めてだった。

寺子屋での仕事を終えて庵《いおり》へ戻ってきた妙春が、勝之進と顔を合わせたのは、その玄関先でのことである。

「堤さま、お見えになっていたのですね。先だっては、金之助の家へご同行くださいまして、ありがとうございました」

妙春は改めて礼を述べた。

「いえ、そんなことはどうでもよいのですがね」

勝之進はいつになくせかせかした調子で言うと、「ちょっとお話が」と妙春を外へ連れ出した。庵へ入りかけていた妙春は、来た道を戻らされる形となる。

「会いましたぞ。胡散臭《うさんくさ》い用心棒の男に――」

声を潜めて、勝之進は切り出した。

「え、胡散臭いとは、城戸さまのことでございますか」

日向屋では、そんなふうに言っているのだろうか。だとしたら、宗次郎が気の毒である。あの方は薫風庵のために力を尽くしてくれている――妙春がそう言いかけた矢先、「決まっているではありませんか」と勝之進から先に言われてしまった。

「日向屋では、旦那さんをはじめ皆が警戒しておりますぞ。いったい、何を狙って蓮寿殿に近付いた男なのかと」

「あの方が何かを企んで、蓮寿さまに近付いたですって」

「さよう。金を掏《す》られた上、気づいたら薫風庵の敷地で倒れていたなぞ、怪しい限り。金を掏られた話も大方作りごとでしょう。蓮寿さまの慈悲の心に付け込んで、ここに置いてもらうのが目当てだったに相違ない」

「ですが、あの方からここに置いてくれとは一言もおっしゃっていないんですよ。確かに、お金を掏られて困っておいででしたが、用心棒のお話は蓮寿さまの方から頼み込まれて」

「まったく。蓮寿殿ときたら、顔のいい色男にころっと騙《だま》されるのだから」

勝之進は嘆かわしげに空を仰ぐのだが、

「蓮寿さまが男にころっと騙される？」

さすがにそれはないだろうと、妙春は思いめぐらした。

出家の身となった今はともかく、俗世の女だった頃はむしろ男をころっと騙していた口ではないのか。日向屋の先代の妾《めかけ》に収まるまでの間、蓮寿が遊女だったことは本人から聞いているが、その当時、手練手管《てれんてくだ》で男に金品を貢がせていたとも言っていた。しかも、かなり自慢げに語っていたものだ。

だから、そうした男女の機微に疎《うと》いと自他ともに認める自分でさえ、そのくらいのことは分かる。蓮寿に限って、色香で男に騙されることは断じてあり得ない。

「蓮寿さまが騙されたとして、いったい、何を城戸さまに奪われるのですか」

妙春が改めて問うと、

「それは、金でしょうな」

と、勝之進は吐き捨てるように言った。

「蓮寿さまのお暮らしぶりは貧しくはないものの、そのかかりはすべて日向屋さんから支払われています。それもまとめてではなく、月ごとに渡されているのですから、蓮寿さまが自在に使えるお金はあまりないでしょう。城戸さまの目当てがお金ならば、もっと別のところへ行った方がいいのではないでしょうか」

「ならば、色ですかな」

「いくら型破りの蓮寿さまでも、ご出家なさった今、戒律《かいりつ》を破ることは考えられません。飯炊きの小梅《こうめ》ちゃんはまだ十二歳の子供ですよ」

それに、小梅がもう少し大人になって、仮に宗次郎と恋仲になったとしても、困る者はどこにもいない。

「いやいや。誰がお婆《ばば》さまと小娘の心配なんぞするものですか。懸念すべきは妙春殿、あなたでしょう」

「わたくしですか」

今度は、妙春がきょとんとした表情になる。

「申すまでもありませんが、わたくしもまた出家者でございます。戒律を破るなどもってのほか」

「いえね。妙春殿がさような心持ちであったとしても、相手は分かりますまい」

「ですが、わたくしが応じなければ、どうしようもないことではありませんか」

「さようなわけにいかぬことがあるでしょう。時と場合によっては――」

「……」

「いや、その。これはあくまでも万一の、最悪の話ではありますが……」

勝之進は慌てた様子だったが、妙春はまったく動じていなかった。

「堤さまのご心配は少し辻褄《つじつま》が合わぬようです。堤さまは、城戸さまが何らかの企みを持って薫風庵に来たとおっしゃいました。仮に、堤さまの望むものが色だったとして、その目当てがわたくしだったとしましょう。その場合、ここへ来る以前から、わたくしの顔を見知っていなければいけません。しかし、わたくしたちは知り合いではありませんでした。蓮寿さまや小梅ちゃんも同じです」

つまり、宗次郎の目当てが女色ということはあり得ないのだ。大体、色が目当てならば、尼の住まう庵には来るまい。

金でもない、色でもないとなれば、他に二人の思いつくことはなかった。

「あの男がここへ来てから、妙春殿を見初《みそ》めたということもないわけではないが……。とにかくお気をつけください」

あり得ない話だとは思いつつ、心配してくれる勝之進の気持ちは伝わってくるので、

「分かりました」と妙春は答えた。

「私もできる限りこちらへ伺いますが、何かあれば必ず言ってください。日向屋の旦那さんに伝えて、あの男が居座れぬようにしてやりますゆえ」

宗次郎を追い出すことこそが正義なのだ、と言わんばかりの表情を見せ、勝之進は去っていった。

二

勝之進の心配を余所《よそ》に、宗次郎はなかなか熱心に用心棒の仕事に励んでいる。薫風庵の敷地内ばかりでなく周辺の見回りにも力を入れ、夜更けに一度、夜明け前に一度

の見回りまで欠かさないので、大造をはじめとする近所の評判も上々であった。

以来、寺子たちのしわざであった紙屑《かみくず》の投げ捨てがなくなったのはもちろんだが、石を投げ込まれるという被害も起きてはいない。

そんなふうに薫風庵の周辺が落ち着きを見せ始めていた矢先、突然の嵐がやって来たのは、勝之進の来訪から二日後の午後のことであった。

手習いを昼で終えた子供たちはすでに帰宅している。妙春も庵で休息を取り、そういえば中断したままになっている巾着《きんちゃく》作りをしようかと思いかけた時、

「御免ください。妙春先生に大事なお話があって参りました」

と、女の声が玄関口から聞こえてきた。

顔を見ないでも、声にこめられた緊迫感は伝わってくる。寺子たちの母親が来たに違いなかった。

急いで玄関口へ駆けつけ、「お待たせいたしました」と戸を開けると、外に佇《たたず》んでいた女は三人。

「忙しいところ、すみませんね、先生。善蔵がいつもお世話になって」

「あたしは三四郎の……」

「あの、千代吉の親です」

　初めに口を開いた善蔵の母は、腹に一物ありそうだ。一方、お付きのごとく従っている二人の母親は、どことなく遠慮がちにも見受けられる。善蔵の母親に声をかけられ、仕方なく付き合わされたという様子であった。

「お母さま方にはわざわざご足労いただき、恐縮です。お話は中でお伺いしますので、どうぞ」

　三人の母親たちを客間に通し、妙春は対座した。

「先日、このご近所に石が投げ込まれた一件で、寺子たちが疑われたんですって。実際、悪さを働いていたのは、ならず者の倅《せがれ》だったのに、その犯人捜しの際、うちの子たちが疑われたそうじゃないですか。何でも、犯人の子供が自分の罪をなすりつけようとしたのだとか」

　善蔵の母おけいが立て板に水の勢いで、のっけからまくしたてた。いくつかの勘違いがあり、それを訂正しようと思っても、割って入る隙がない。

　ようやくおけいが息を継いだのを見計らい、妙春は口を開いた。

「お言葉を返すようですが、石を投げ入れた下手人はつかまっておりません。また、疑いをかけられた寺子たちのしわざでないことは明らかにされており、見回りをお願いしつつ、本当の下手人を見つけようとしているところでございます」

「おや、博奕《ばくち》打ちの倅が犯人だって聞きましたけど」

「そちらは別の話と存じます。ご近所のお宅に紙屑を投げ入れる子供がおりまして、その件は本人たちが悪さを認めました。ご近所のお宅には親御さんに連れられ、すでに謝罪に行っております」

「で、博奕打ちの倅がうちの子に罪をなすりつけようとしたのは、事実なんでしょ」

「自分たちの罪をなすりつけようとしたのではなく、石投げの件について、お子さまたちのしわざだと言った寺子はおりました。その件について、当事者の寺子はお子さまたちに謝っております」

「あのね、形だけ謝りゃいいってもんじゃないでしょ、先生。子供にだって名誉ってものがあるんだから。他の子供たちの面前で、やってもいない罪を着せられそうになったんです。うちの子がどれだけ嫌な思いをしたか、先生はちょいとでも考えてくださったんですか」

おけいは目を吊《つ》り上げて言い募った。

「お子さまたちが嫌な思いをしたことは、十分に分かります。そのことを考えてみるよう、当事者の子供にも十分に言い聞かせました。ただ、その子も別の子供から、罪を着せられそうになったという事情もございまして」

「何ですって」

おけいの声が裏返った。妙春がはっとした時、おけいの後ろでそれまで遠慮がちにしていた他の母親たちも、怒りの表情を浮かべていた。

「先生は、ならず者の倅も疑われたからかわいそうだ、みたいなことを言いますけどね。その子供は実際、それだけのことをしていたんでしょ。投げていたのが紙屑か石かっていう違いだけで、疑われるのも自業自得ってもんですよ。それに引き換え、うちの子も三四郎ちゃんも千代吉ちゃんも、悪いことは何もしていないんです。あたしはね、いつも倅に言い聞かせているんですよ。父親は悪を取り締まる側なんだから、お前は取り締まられるあっち側の人と同じになっちゃいけないってね」

こっち側、あっち側と言ったところで、それは父親の話である。父親が取り締まる側の人間だからといって、おけいや善蔵が取り締まる側というわけではない。それなのに、この母親は勘違いしている。父親がお上の権威の端の端にぶら下がっているのをいいことに、その力が自分たちにも及んでいると思い込んでいるのだ。

善蔵がこの母親の悪い影響を受けなければいいが、とつい思ったことが、顔に出てしまったのだろうか。

「ところで、妙春先生」

おけいはそれまでの口ぶりから一転、奇妙な落ち着きさえ感じられる声色になって言い出した。

「こちらの寺子屋は蓮寿先生が始められたものでござんしたねえ。蓮寿先生にお任せするということで、あたしどもは子供を通わせることにしたんです。その後、妙春先生がお越しになり、蓮寿先生は退かれましたが、再び蓮寿先生に子供たちを導いていただくよう、お願いすることはできませんかねえ」

これは、お伺いというようなものではない。明らかに、教える者の交代を要求している。

そして、親は子供を通わせる寺子屋を選ぶことができるのだ。要請を聞き容《い》れてもらえないなら、寺子屋を替わる——そう言われても、妙春は抗《あらが》うことができない。

体がすうっと冷えていくような心地に襲われた。もしや、先日、学び舎の前で倒れていた宗次郎も、倒れる直前はこんなふうだったのではないか。ふとそんな、どうでもいいことが頭の隅をかすめた時、「失礼しますよ」と声がして襖《ふすま》が開けられた。

「あらあら、おけいさんにお熊《くま》さん、お竹《たけ》さん。いらっしゃい」

明るい声と共に蓮寿が現れた。

「まあ、蓮寿先生。ご無沙汰してます」

おけいが先ほどまではまったく使っていなかった一段高い声を上げる。

「先生、あたしたちの名前も覚えていてくれたんですね」

三四郎の母のお熊が嬉《うれ》しげに声を震わせた。

「当たり前じゃないの。かわいい子供とその母親の顔は、ちゃんと一緒になって頭に入っていますよ。それより、あなたたちに引き合わせたい人がいるのよ」

蓮寿は母親たちとまるで古い友人のように、親しげな話し方をする。やや馴染《なじ》みすぎではないか、もっと節度があった方がいいのではないか、と思う心の一方、どうしようもなく蓮寿がまぶしく、その人柄と才能がうらやましくてならなかった。

「その人、実はお三方の子供たちが見つけて、助けた浪人さんでね。聞いているかもしれないけれど、いい男なのよ。あなたたち、亭主を乗り換えようなんて、変な気起こすんじゃないわよ」

蓮寿がからかうように言い、「いやだ、蓮寿先生じゃあるまいし」と母親たちも冗談で返している。

その時、蓮寿はさりげなく、そしてごく自然に「宗次郎さんにここへ来るよう伝えてきてくれるかしら」と妙春にささやいた。

「かしこまりました」

と、すぐに答えて、妙春はその場を去っていく。気を利かせ、この場から立ち退かせてくれたのだと分かった。母親たちは蓮寿とのおしゃべりに夢中で、妙春が去るのに目を向けようともしない。もっとも母親たちも蓮寿の気遣いを察し、ここは知らぬふりをするのが落としどころと了解してくれたのだろう。

妙春は客間を出ると、居間の方へと向かった。宗次郎はすでに居間の外の廊下に立っていた。

蓮寿と一緒にいたところ、客間の騒ぎに気づき、二人で居間を出たものと思われる。

「蓮寿さまが来てほしいとおっしゃっています。善蔵たちのお母さまにご挨拶してほしいとのことで」

「分かりました」

宗次郎はすぐにそう応じた。が、妙春に向けられたその眼差《まなざ》しは気遣わしげに揺れている。

慰めの言葉をかけてくれようとする宗次郎の優しさはありがたい。だが、今そんなことをされても惨めになるだけだ。そんな妙春の心を察したのか、宗次郎はそれ以上何も言わずに去っていった。

そのことをありがたいと思いつつ、妙春は宗次郎と反対側——玄関のある方へ急ぎ足で向かった。

母親たちのいる庵にはいたくないと出てきてしまったが、身を潜めていられる場所など外にはない。今は誰もいない学び舎で時をつぶし、母親たちが帰るのを待とうと決め、妙春は歩き出した。

「先生……」

学び舎へ入ろうとした時、声をかけられた。頭を下げた小柄な女には見覚えがあった。

「あ、賢吾さんのお母さまですね」

今日は子供の親がよく来る日のようだ。賢吾の母親おこんとは、他の母親より馴染みがあった。賢吾の指導法について、親と打ち合わせなければならないことが何度かあったからだ。

おこんは居丈高なところはまったくなく、大らかな人柄で、妙春は親しみを覚えていた。

「今お越しになったところですか」

相手が学び舎の近くで佇んでいたように見えたので、妙春は尋ねてみた。

「いえ、少し前から。ここで待たせてもらっていました。庵の方はお客さんがいるんでしょ」

おこんは朗らかに微笑んだ。

「取り込み中で失礼してしまったのですね。申し訳ございません」

来客中と知ってここまで引き返したのかと思ったが、おこんは庵までは出向いていないと言う。

「善蔵ちゃんの親御《おやご》さんが来ているの、知っていましたから」

「どうしてご存じだったのですか」

「そりゃ、一緒に行こうって誘われたからですよ。あたしだけじゃなくて、主だった親御さんは皆。もっとも、金之助ちゃんでしたっけ、あの子たちとお仲間の家は別だろうけど」

「お母さまはどうしてご一緒されなかったのですか」

「だって、おけいさん。怖いでしょ」

内緒話のようにささやき、おこんはふふっと微笑んだ。

「どうせ目を吊り上げて、身勝手なことを先生に訴えるのよ。そんなの、傍《はた》で聞いていたって退屈なだけだし。あたしまで同じ考えだって思われたら嫌だから、知らんふりしちゃったの。他のおっ母《か》さんたちも忙しいからって断ったのが大半よ。三四郎ちゃんと千代吉ちゃんのおっ母さんは、お子さんたちが仲良しだから断り切れなかったんだろうけど」

そういうことがあったのかと、妙春は納得した。おけいの執念と周到さを知れば知るほど気持ちが沈む。しかし、一方でおこんの優しさが身に沁《し》みた。

「お母さまはわたくしを元気づけるため、わざわざ来てくださったんですね。それも、あまり遅くなってはわたくしが落ち込んでしまうと心配して、急いで駆けつけてくださった」

「嫌だ、先生。あたしみたいな学のない女が、先生を元気づけるなんておこがましい」

おこんはころころと笑い転げてみせた。

「いえね、先生はお若いし、ああいう手前勝手な連中には揉《も》まれたことがないんじゃないかと思って。先生がもし勘違いでもして、前のお寺へ帰るなんて言い出しちゃったら、うちの子が困るから」

「賢吾さんが……本当に困るでしょうか」

妙春はいつもおとなしい賢吾の顔を思い浮かべて呟《つぶや》いた。すると、

「困りますよ。あの子は先生のこと大好きなんだから」

と、おこんはむきになった様子で言う。

「でも、わたくしが教えるようになって、賢吾さんの何かを伸ばせたと思うことができないのです。そのことがわたくしはお母さまにも申し訳なくて」

「先生」

おこんはうなだれた妙春の手をそっと取った。

「前から言っているじゃありませんか。うちの子は変わり者で気分屋なの。気に入ったら一つのことに打ち込んで、あとはもう見向きもしない。小さい頃からさんざん振り回されて、あたしはもう突き抜けちゃった。あの子に人並みになってもらおうなんて思っていません。字が書けなくてもそろばんができなくてもいいから、ただいろんな人やものとめぐりあってほしい。その中には、あの子を受け容《い》れてくれるものがきっとあるはず。それは家に引きこもっていちゃめぐりあえないでしょ。だから寺子屋に通わせているの。通うことができているだけで十分なんですよ」

「わたくし、よく物を置き忘れてしまう賢吾さんのために、巾着を縫おうと思っていたのです」

話すつもりもなかったのに、なぜかそのことが口をついて出た。

「あらまあ、ご親切にどうも。先生が作ってくださったら、あの子も喜ぶわ」

「でも、端切《はぎ》れを前にしたら、算法の図形の問題で頭がいっぱいになってしまって、端切れを三角とか四角に切ってしまって……」

情けない打ち明け話に、おこんはくすくすと笑った。

「うちの子も大概だけど、先生も相当ね。でも、それを聞いて気持ちが楽になりました。もしかしたら、うちの子だって、先生みたいに立派で賢くなれるかもしれないじゃないですか」

明るい声で、おこんは言う。

おそらく、こんな声で笑えるようになるまで、この母親は相当の苦労を重ねてきたはずだ。この母親に、賢吾も自分も救われていると思った。

「お母さまを見ていると、亡くなった母を思い出すことがあります。お母さまのように大らかな人でした」

「あらまあ。もったいないお話だけど嬉しいわ」

「いつまでも大らかでいてください」

思わず言ってしまった。言わずにはいられなかった。どうか、おこんさんは今のまま、あの母のようにはならないでください――それは、妙春にとって切実な願いであった。

三

抗議に来た母親たちが帰った後すぐ、蓮寿は言い出した。

「明日からは、宗次郎さんにも寺子屋の仕事を手伝ってもらいなさい」

「えっ」

と、声を上げたのは妙春だけではない。宗次郎も同じであった。蓮寿は宗次郎にさえ、何の相談もせずに事を決めてしまったらしい。

「宗次郎さんは朝から昼までの間、特にすることもないでしょ」

「それは、まあ」

「だったら、子供たちの手習いを見てやりなさいよ。もともと、江戸では用心棒か寺子屋の師匠か、そのどっちかで身を立てるつもりだと言っていたんだから」

「まあ、そうですが」

「なら、それで決まり。妙春もいいわね」

蓮寿の言葉に逆らう術《すべ》はない。蓮寿がそのように決めた理由は明かされなかったが、容易に想像はつく。

己の腑甲斐《ふがい》なさに対して忸怩《じくじ》たる思いはあるが、宗次郎に助けてもらえるのはありがたいことだ。

「かしこまりました。城戸さま、どうぞよろしくお願いいたします」

妙春は宗次郎に頭を下げた。

「こちらこそ、寺子屋で教えたことなどありませんが、教えていただければ何でもやりますので」

宗次郎も承諾し、日が変わってさっそく、宗次郎は子供たちの前に立つことになった。

「あっ、この前の浪人さんだ」

宗次郎の姿を覚えていた子供たちの口から声が上がる。どうしたの、何でいるの、と口々に問いかける子供たちを静かにさせた後、

「今日から、こちらの城戸宗次郎先生が皆さんに手習いを教えてくださることになりました。これからは、城戸先生と呼んでください」

と、伝えた。

「妙春先生は?」

いちばん前の席に座ったおてるがすかさず問う。

「わたくしもこれまで通り、城戸先生と一緒に皆さんを見ていきます。訊《き》きたいことがあったら、城戸先生とわたくし、どちらに訊いてくれてもかまいません」

妙春が言うと、おてるはほっとした表情となり、他の子供たちは納得した様子でうなずいている。

「それでは、いつものように手習いを始めてください。今日やることについては、昨日のうちに伝えてありますから、分からない人はいませんね」

「はあい」

という元気のよい返事と共に、子供たちはめいめいの作業の準備を始めた。ひらがなを習う者、漢字を覚える者、俳句や和歌といった一まとまりの文を書写する者もいる。また、算法を学ぶ者はそろばんや算木《さんぎ》を取り出し始めた。

何を学ぶか、どういう順番で学ぶかは、人それぞれ違っており、指導は個別に行う。

「まずは、子供たちのやっている作業を御覧になっていてください。少ししたら子供たちの席を順に見回り、間違っているところを直したり、手助けしたりしていただければ――。何をどのくらい伝えるかの匙《さじ》加減は難しいところですが、今日のところはお任せいたします」

妙春の指示に「承知しました」と答え、宗次郎は子供たちの席の後ろへ回った。妙春はいつもの通り、子供たちの作業が少し進んだ頃を見計らって、席を順に回りながら声をかけていく。

おてるは昨日教えた漢字混じりの和歌を、力強い筆遣いでなかなか立派に書いていた。漢字の形が崩れてしまっているところを直してやり、その歌をもう少し練習するように告げてから、賢吾の席へと移動する。

賢吾は帳面を開き、筆と墨の用意はしているのだが、特に何もしていない。帳面には数日前の課題だった「かはたれ」と「たそかれ」の文字が幼稚な筆遣いで書かれていた。要するに、それ以後は何の学習もしていないということである。

やりなさいと言われたことを、やる時もあれば、まったくやらないこともある。そこにどんな理由があるのかは、妙春にも分からない。初めは何らかの規則が――賢吾なりの規則があるのではないかと考え、あれこれ探ってみたのだが、今に至るまで何も見つけられなかった。母親のおこんに尋ねたことがあったが、分からないという。もしかしたら規則はあるのかもしれないが、ただの気まぐれかもしれない、と。

無理強いをしないでほしいというのが、おこんのただ一つの願いであった。

――いずれ賢吾だって花を咲かせる時が来るわよ。

蓮寿はそう言っていた。

妙春もいつかその日が来ることを願っている。だが、雪解けの気配はまったく感じられなかった。

「今日は、いろは歌を、漢字を交えて書いてみましょうか」

賢吾にも昨日の最後に「明日の課題」を伝えてあるが、やる気を見せない時は課題を変える。他の生徒たちを一巡して再び賢吾の席へ戻った時、何もしていなければ、また新しい課題を与える。そのくり返しであった。

前に賢吾に渡してあった「色は匂《にお》へど」で始まる「いろは歌」の手本を、賢吾の持ち物の中から探し出し、広げて横に置いてやる。賢吾の表情は変わらなかった。

「それからね、賢吾。今日は賢吾に渡したいものがあるのです」

妙春は袂《たもと》から巾着袋を取り出し、賢吾の前に置いた。端切れを継ぎ合わせたものなので、色や文様がばらばらである。しかし、男子が腰にぶら下げてもおかしく見えないよう、黒や鼠《ねずみ》色、青などに色をしぼり、無地か小さな文様のものを選んだ。

中断してしまっていた巾着作りを、昨日おこんが帰った後、妙春は急いで仕上げたのである。

「これを帯につけておいて、大事なものを入れておけば、うっかり失くしたり、どこかに置き忘れたりすることもなくなるでしょう。使ってくれますか」

賢吾は目の前に置かれた巾着袋を手に取ろうともせず、じっと見つめ続けている。

「あー、賢吾だけ、いいなあ。先生、どうして賢吾だけなの」

隣の席のおてるが目ざとく見つけ、横からのぞき込んできた。

「賢吾が物を置き忘れないようにと思ってのことです」

「賢吾が使わないなら、あたしにちょうだい。ねえ、先生、いいでしょ」

おてるは賢吾が巾着を手に取らないのを見て、そう言い出した。

「おてるはいくつも巾着を持っているではありませんか。それに、これは男の子が使うことを考えて作ったものなのです」

「あたし、そういう色の、持ってないんだもん。だから、それが欲しいの」

しっかり者で、いつも先頭に立とうとするおてるだが、時折、こういうわがままが出る。

すると、その時、賢吾の態度が急に変わった。それまで関心を見せなかった巾着を、まるで取られまいとするかのように、ぎゅっとつかんで胸の辺りへ持っていくと、おてるに背を向けたのである。

「何よ。ちょうだいって頼んだだけでしょ。あたしが取り上げようとしたみたいじゃないの」

賢吾の見せた態度に、おてるはおかんむりである。

「さあ、おてるは手習いの途中でしょう。余所見《よそみ》をしてはいけません」

「はあい」

おてるが再び手習いに戻ったのをそっと見澄まし、賢吾は姿勢を元に戻した。その後はしげしげと巾着袋を眺めており、いろは歌の手本には見向きもしなくなった。

取りあえず、巾着袋は気に入ってくれたようだ。後は、賢吾の気持ちが手習いに向くのを待つことにして、妙春は別の子供の席へと移った。

宗次郎の方を見ると、後ろの方の子供たちから順に見回りを始めたようだ。妙春もそのまま子供たちの指導を続けた。

「先生さあ」

あまり気乗りがしなそうな様子でそろばんを弾《はじ》いていた金之助は、妙春が近付くなり、すぐに手を止め、話しかけてきた。

「昨日、あの野郎のおっ母さんに、ひでえことされたんじゃねえのか」

あの野郎と口にした時、金之助の目は善蔵の方へ注がれている。

「何のお話か分かりません。昨日は数人のお母さまとお会いしましたが、どなたからもひどいことなんてされていませんよ」

金之助の帳面に目をやると、昨日出した課題の足し算と引き算が並んでいるが、一題も答えが出されていない。次に回ってくる時までに五題は解いておくようにと指示し、妙春は次の子供の席へと移った。

金之助は声を落としてしゃべっていたが、それでも、もともとの声が大きいので、善蔵にも会話が聞こえていたかもしれない。金之助も名を出すことは控えていたが、善蔵とて母親が昨日薫風庵を訪れたことは知っているだろうし、すぐに自分の母親の話だと気づいたのではないか。そうだとすると、善蔵がどんな反応を見せるか、気がかりではあった。

善蔵も金之助と同様、算法に取り組んでいた。こちらは掛け算と割り算の混ざった問題を、順調に解き進めている。妙春が席まで行くと、帳面を見せ、答え合わせをするのを静かに待っていた。

「ここまでは全部合っていますね。まだ問いが残っていますが、次に回ってくる時までに解き終わってしまうかもしれないので、少し加えておきましょう」

新たな問題を付け加えて帳面を戻してやると、また黙々とそろばんを弾き出す。真面目にしっかり学んでいる――と言えば問題なさそうだが、今日の善蔵は一度も妙春と目を合わせなかった。もとから人懐《ひとなつ》こいわけでもなければ、口数も多くないが、この日の態度がどこか固いのはありありと伝わってくる。

続けて、善蔵と仲のよい三四郎の席へ出向くと、いきなり小声で、

「先生、ごめんね」

と、言われた。

「何のことですか」

「善蔵は悪くないんだ。悪いのは俺たちなんだよ」

三四郎は懸命に訴える。善蔵に聞かれまいとますます小さな声になっていくので、妙春はその口もとに耳を近付けねばならなかった。

「善蔵がおっ母さんに話したわけじゃないんだよ。俺と千代吉のおっ母さんが善蔵のおっ母さんに話しちゃったんだ。それで……」

昨日の事態になったのだ、と言いたいらしい。

自分が部屋を後にしてから、母親たちが蓮寿に何を言ったのか、特に聞かされてはいない。

妙春を子供たちの指導から外してほしい——と言ったのか。それを蓮寿が「まあまあ」となだめ、妙春の補佐に宗次郎をつけることで、母親たちを納得させたのか。あ

るいは、母親たちからの要求は特になく、宗次郎を寺子屋に送り込んだのはただ蓮寿の思い付きに過ぎないのか。

妙春にはそれを確かめる勇気が持てなかった。

だが、三四郎の様子からは、母親たちがどんなことを考えていたのか、そしてそれを耳にした子供たちがどう感じたのかが分かる。

「誰も悪くはありません。善蔵も三四郎も千代吉も悪いことなど何もしていないのですよ」

妙春は三四郎の目を見て告げた。三四郎の隣の席から気がかりそうな眼差しを向ける千代吉にも目を向け、

「あなたたちのお母さまが、わたくしを困らせたということもありません。あなたたちは何も気にしなくてよいのです」

と、告げた。二人とも課題がまったく進んでいなかったので、次に回ってくるまでに済ませておくよう指示し、席を離れた。ちらと善蔵に目を向けると、相変わらず算法の問題に取り組み続けている。

善蔵には、たぶん何も言葉をかけない方がいい。三四郎や千代吉が求めていたような慰めや安心を、善蔵は妙春に求めていないからだ。

だが、それが必要になった時には、きちんと頼ってほしい。そう思いながら、妙春は別の子供の席へと移動した。

四

昼九つ（正午）の鐘と共に、子供たちの学びの時は終わりを告げる。その後、残って自習をしてもよいのだが、好んで居残る子供はいない。時には親の都合で、午後も寺子屋にいさせてくれと願い出てくることはあるが、この日は九つの鐘が鳴ってすぐ、皆いっせいに帰っていった。

賢吾の様子を見守っていたら、妙春の渡した巾着を大事そうに帯に括《くく》り付けていた。今日の今日、置き忘れていくことがなかったことにほっとする。

あの後、賢吾は帳面に巾着の文様を書き写していた。よほど巾着が気に入ったようだが、生憎《あいにく》なことに、妙春の指示した課題は何一つやろうとしなかった。

「妙春殿が巾着を渡した賢吾という子のことですが」

子供たちが帰った後、宗次郎が声をかけてきた。賢吾については何をしていても叱ったりせず、特に指図もしないよう、宗次郎にも事前に伝えていた。

「はい。今日はずっと絵を描いていましたね」

「あの子には何も言わず、ただ見ていたのですが……」

宗次郎は何かを考え込んでいるような表情を浮かべている。

「あの子を指図の通りに動かすのは難しいのです。時刻に遅れず、通ってこられるようになったのも、あの子にとっては大きな前進でしたから。親御さんからは無理強いしないよう言われておりますので、これからも温かく見守ってあげてください」

「……はあ」

宗次郎は返事をしたものの、心から賛同したというようにも見えない。

「何か気にかかることでもあるのでございますか」

「いえ、あの子が描《か》いていた文様ですが、その、ただ写していただけではないのです。上下左右に回転させた形や鏡に映った形、裏返した形――それらをいちいち描きつけていたようなのですよ」

宗次郎の言葉に、妙春は急いで賢吾の席へ行き、机上に置かれている帳面を開いてみた。風呂敷などを持ち歩く女の子は持ち帰ることが多いが、男の子はたいてい置きっぱなしにしている。賢吾に至っては、持ち帰れば忘れてくるのが目に見えているので、置いていくよう伝えていた。

帳面を開いてみると、確かに宗次郎の言う通り、さまざまな形の文様が目に見える形に加えて、回転、反転などした形で書かれていた。驚くのは三角や四角などの図形ばかりでなく、〈鎌の絵に、輪を図形にした○、『ぬ』〉と書いて〈構わぬ〉と表す判じ絵なども含まれていたことだ。〈ぬ〉を回転させたり、反転させたり、鏡面に映った形で描くのは、簡単なことではない。

「あの子は前にも、私の着物や刀の色を言い当てましたよね。他の子供たちが正しく答えられなかったものを、あの子だけが答えられた」

「そうでした……」

ほんのわずかの間、宗次郎の姿を見た子供たちに目を閉じさせ、蓮寿がその記憶を試した時のことだ。注意して見てもいなかった子供たちは、その記憶があいまいだった。人の記憶は確かなものではなく、同じものを見た人同士でも発言がばらばらになるという話をした時だが、確かに賢吾だけは正確に答えられた。

日頃の賢吾の様子を考えれば驚くべきことだが、たまたまと言ってしまえばそれだけの話だ。

しかし、この帳面に描かれたものを見れば、そうと言い切ることもできない気がする。

「あの子には他人《ひと》にない才があるのかもしれません。私に一度、あの子を任せていただけませんか」

その時、宗次郎が思い切った様子で言い出した。

「でも、無理強いはしないでほしいと……」

「無理強いはいたしません。今日拝見したところでは、妙春殿もあの子に課題を与えておられた様子。明日は私に課題を出させてください。もちろんあの子が何もやらなければ、それ以上は勧めませんので」

それならば、課題を与える者が代わるだけのことだ。賢吾は少し戸惑うかもしれないが、宗次郎が指導者となったことは今日しっかり伝えてあるのだし、大丈夫だろう。

「分かりました。では、明日は城戸さまに賢吾をお任せいたします。その際は『やってみたらどうか』というような物言いはせず、『これこれをやりなさい、解きなさい』とはっきり言ってあげてください。やるやらないはともかく、その方があの子を戸惑わせないようです」

「分かりました。決して賢吾に負担をかけないよう、気をつけるようにいたします」

こうして話はまとまり、翌日、賢吾の指導は宗次郎が行うことになったのだった。

翌朝、妙春は宗次郎と共に学び舎へ向かった。前日は宗次郎を引き合わせたため、講話をしなかったが、この日はいつものように話を一つ用意してきた。そのことについては宗次郎にも伝えてある。

「今日は、この言葉についてお話をいたします。難しい漢字が入っていますが、まずはこれを見てください」

妙春は「一期一会」と書いた紙を子供たちに示した。「一」はたいていの子供が読めるが、これを正しく読める子はいないだろう。「いち……いち」と呟く声も聞こえてくる。

「これは、このように読みます」

そう言ってから、今度はひらがなで「いちごいちゑ《え》」と書いた紙を示す。ここで子供たちは口々に「いちごいちゑ《え》」と声に出した。

「これは茶の湯で使われる言葉で、『一度きりの出会いを大切にしよう』という教えを表しています。茶の湯では客人をお迎えしてお茶を楽しむのですが、その時の出会いはもう二度とないと思い、心をこめておもてなししなければならない、ということを伝えているのです」

妙春は一呼吸を置き、子供たちの顔を順番に見回してから、おもむろに口を開いた。

「皆さんは昨日、城戸先生とお会いしました。これも一期一会です。もちろん今日も城戸先生と会っていますし、明日だって会えるでしょう。他の皆とも同じです。でも、今日ここでこうして会うのと同じ時を、明日も過ごせるわけではありません。明日の皆さんは今日の皆さんではないからです。今日新しいことを覚えるかもしれません。背が少し伸びるかもしれません。今日よりもちょっと優しくなっているかもしれません。そう考えたら、今を大切にしなければならないことが分かりますね」

子供たちの顔がいくつか縦に動くのを見届け、妙春は訓話を終え、それぞれの課題に取り組むようにと告げた。課題を終えてしまった人は「一期一会」と書き写しましょう、とも伝えておく。

子供たちは「はーい」と返事をし、それぞれの作業に取りかかり始めた。

妙春はちらと賢吾の様子を見てから、宗次郎に目を向け、互いにうなずき合う。賢吾は腰に例の巾着を結び付けていた。時折、なくなっていやしないかと手をやったり、目を向けたりしているのだが、課題を始めるようにと言われても帳面を開こうとはしない。

宗次郎がその賢吾の席へ近付くのを見届けてから、妙春は別の子供の席へと向かった。

賢吾は初めに宗次郎から声をかけられても、返事をしなかった。筆を手に取ろうともせず、自ら帳面を開こうともしない。

やがて、宗次郎が帳面を開き、そこに何かを書き留め、さらに低い声で話しているのは妙春にも分かった。課題の指示をしているのだろうが、その声までは聞き取れない。

賢吾の反応はやはり見られなかった。宗次郎もあまりしつこくしてはいけないと思うらしく、ひとまずの指示をした後、賢吾の席から離れようとした。

変化が起きたのはそれからだった。

賢吾が突然、筆を手に取り、何やら帳面に書き出したのだ。これまでも気まぐれに課題に取り組むことはあったし、昨日のように絵を描いていることもあった。しかし、筆の動かし方がこれまでのどの時とも違う。こんなに前のめりになって、こんなに早く、筆を動かしている賢吾の姿を見たことはなかった。

勢いよく何かを書き終わると、不意に顔を上げ、誰かを探すようにしている。その目が妙春を通り過ぎて、宗次郎のところで止まった。宗次郎はそれに気づくと、いったん賢吾のもとへと戻り、帳面を見て何やら言った。賢吾が口を開くことはなかったが、新しい課題でももらったのか、再び帳面に向き合っている。

宗次郎もそれ以上は賢吾にかまわなかったので、妙春もこの日は賢吾に声をかけず、近くまで行ってもそっと見守るだけにしておいた。

賢吾がどんな課題に取り組んだのか分かったのは、子供たちがいっせいに帰った後のことだ。

「賢吾の帳面を御覧ください」

宗次郎が手渡してくれた帳面に記載されていたのは、宗次郎の手で書かれた算法の問題と、それを解くために賢吾が走り書きしたいくつもの数字。賢吾の字はほとんど読めなかったが、問題の方はかなりの達筆なので読むのはたやすい。

「これは、もしや田中佳政《たなかよしまさ》先生の『数学端記《すうがくたんき》』にある薬種の問いではありませんか」

妙春の言葉に、宗次郎は破顔した。

「さすがは妙春殿。『数学端記』を読んでおられるのですね」

元禄《げんろく》の頃に書かれたその書には、いくらかの薬の中から数種を選んで組み合わせる場合、ぜんぶで何通りの組み合わせがあるか、答えさせる問題が載っている。薬でなくともよく、花や香に替えた問題も数多く作られていた。

「あの通りの数字では難しいかと、初めは易しめの数字で試してみたのですよ」

——今、十種の薬があり、この中から二種を選んで一つの組み合わせを作る。何通りの組み合わせがあるか、その数を答えよ。

これが、宗次郎が最初に賢吾に出した問題だったという。確か、『数学端記』の問題は百種の薬だったはずだから、数字を小さくして考えやすく変えたものだ。

仮に十種の薬に、一から十の番号を振る。そして、一の薬との組み合わせは「一と二」「一と三」「一と四」というように全部で九通りだ。次に二の薬との組み合わせは「二と三」「二と四」という具合になるが「二と一」はすでに数えているから、それを除き、新たに八通りが加わる。

こうして考えていけば、「九足す八足す七足す六足す五足す四足す三足す二足す一」で答えを出すことができ、解は「四十五」となる。

「賢吾は解法を見つけるのに、少し帳面に書き散らしたようですが、解法を見つけた後はほとんど瞬時に答えを出せたようです」

「そろばんは使っていませんよね」

賢吾も他の子供と同じようにそろばんを持っており、これまでその使い方を妙春も教えてきた。しかし、賢吾の興味を引くことはなく、賢吾がそろばんに手を触れるのを見たことさえない。

だが、その賢吾が「九足す八足す……」の答えを一瞬で導き出したというのか。

これは掛け算と割り算を使えば、それも可能である。解の計算式「九足す八足す……」（甲）は、「一足す二足す三足す四足す五足す六足す七足す八足す九」（乙）と同じだ。甲の式の一番目の数「九」と乙の式の一番目の数「一」を足せば「十」、二番目の「八」と「二」を足しても「十」、以下同じとなる。甲の式と乙の式の合計は「十掛ける九」で「九十」と出るから、それを二で割ればよい。しかし、賢吾が掛け算と割り算の仕組みを理解しているのか、そもそも九九を覚えているのか、妙春には分からなかった。

「そろばんに興味を示さなかったのは、なくても答えが出せたからでしょう」

と、宗次郎は言った。

「それに、九九どころかもっと高い位の掛け算も、暗算できる力を備えているのだと思いますよ」

帳面を見れば、宗次郎は次々にこの類題を出していた。それに対して、賢吾の答えが書き込まれ、その横には宗次郎が丸を書き込んでいる。

「予想を超えた速さで解いてしまい、次の問いを早く出せという目を向けてくるので、なかなか楽しかったですよ」

と、宗次郎は伸びやかな口調で言った。

「賢吾はいつの間に……」

「もともと物を記憶する力に優れており、これは生まれ持ったものなのでしょう。ですが、算法の基礎は人に教えられなければ知る術がないのですから、そこは蓮寿殿や妙春殿がお教えした成果なのだと思います」

「話を聞いてくれているようには見えませんでしたけれど」

「聞いていたのですよ。あの子のことだから、そうは見えなかったでしょうが」

宗次郎は穏やかに微笑み、賢吾の帳面を席に戻した。

「昨日、図柄を書き写して遊んでいたところを見ると、図形の問いを与えても解く気になるかもしれません。明日はその手の問いを出してもよいでしょうか」

宗次郎からの提案に対し、妙春は「よろしくお願いします」と応じた。賢吾に対する宗次郎の見立てには驚くことばかりだが、それ以上に、賢吾のやる気を引き出した手腕が見事であった。

「城戸さまは算法を奥深く学ばれているのですね」

算法を学問として学ぶ武士はいるが、そろばんを弾くのは卑しい町人のすることだと嫌う武士もいる。宗次郎は前者なのだと見えるが、学問として学ぶには寺子屋に通う程度では物足りぬだろうし、といって浪人の身では公儀や各藩の開いた学問所に通うことはできないはずだ。

いったい、どこで算法を学んだのだろうと思ったが、それを問うよりも先に、宗次郎が口を開いた。

「恩人が算法の師匠でしたので」

それがどういう人で、宗次郎とはどういう関わりなのか、当たり前のように浮かんだ問いかけを、妙春は宗次郎に尋ねなかった。あらぬ方を見つめる宗次郎の横顔が、それを拒んでいるように見えたからであった。

五

今から十数年前、寛政《かんせい》の世の頃。

妙春の故郷である秋田の久保田藩では、寛政元（一七八九）年に藩の子弟を学ばせるための藩学が創設されることになり、初め学館《がっかん》と称していたが、寛政五年には名を明道館と改めた。まだお鶴といった妙春の父、神戸図書は若くしてこの算法方の教授となった。

藩学を創設した久保田藩の佐竹義和《さたけよしまさ》は名君の誉れ高く、今もその藩主の座にある。石高は二十万石とされているが、実高はその倍といわれていた。

この久保田藩の支藩である岩崎《いわさき》藩は、佐竹家の分家が治めているのだが、その五代目の当主は佐竹義知《よしちか》という。父の死去によりわずか七歳で藩主となり、寛政九（一七九七）年の当時、まだ十一歳だった。

本家である久保田藩佐竹家も、その後見をしていたが、この頃、明道館にある依頼が舞い込んだ。岩崎藩主義知に学問を指南する若者を数名推挙してほしい、というのである。

藩主が若いため、気軽に相談できる話し相手の指南役を望んでいるということだった。ちょうど明道館が開校して数年が経った頃で、岩崎藩でも明道館の功績に注目していたのだろう。

儒学の得意な者、武術が得意な者の他、算法の得意な者も選ばれることになった。

これに選ばれたとしても、岩崎藩で何らかの地位に就けるわけではない。ただ、岩崎藩主に気に入られれば、将来の登用につながるかもしれず、そうでなくとも名誉なことであるのは確かだ。

もちろん本家の治める久保田藩で出世するのがいちばんであるが、家柄によってはその難しさを悟り、岩崎藩での登用の道に賭けたいと思う者もいた。明道館の若者たち――特に家柄はさほどではないが優秀な若者たちはこの話に色めき立った。

算法方、神戸図書の教え子たちも同様だった。

推挙する者の選び方は、それぞれの教授や教授並《なみ》（補佐役）たちに一任されたが、算法方では希望する者に対し、試験を行うことになった。その出来栄えをもとに、教授たちが話し合って推挙者を決めることになる。試験の作問《さくもん》は図書が行うことになった。

問題が出来上がったら、それは封をし、試験当日までは決して開けない。図書は作問を行う間は、部屋の中に誰も入れようとせず、そのことに関しては誰とも会話をしようとしなかった。そして、出来上がった問題は明道館の祭酒《さいしゅ》（学長）の署名をもらった上、封をして図書が明道館内で保管することになっていたのだが……。

ある時、一つの事件が起きた。

この受験を望んでいた図書の教え子の一人、矢上一之進《やがみいちのしん》が図書の部屋へ入り込んだのである。一之進は算法の才もあり、努力家でもあったのだが、家柄は藩の重職に就けるようなものではなかった。そのため、明道館で学問を積んで認められ、実力で出世することを願っていたのである。

明道館は、家柄が高くなくとも有能な人材を見つけ、育て、その登用の道を開くための機関であったから、地道に努力を続ければ、その願いは叶《かな》うはずであった。

ただし、ここで岩崎藩主の指南役に推挙してもらうという、別の道が示されたのだ。

一之進が少しでも早く好機をつかもうと焦ったのは不思議なことではない。

図書が少し留守にしていた部屋へ戻ってきた時、そこには封のされた作問を手に立ちすくんでいる一之進の姿があった。

「何をしている、一之進。おぬし、乱心したか」

図書は一喝した。

一之進ははっと我に返った。それから、自分が手にしている封書に目をやり、目を怒らせている図書の姿に目をやり、封書を取り落とした。手ばかりでなく、体もわななと震えていた。

図書はすかさず封書を拾い上げた。

封が開けられた形跡はなかった。

もとより、ここに試験問題が置かれていることを知っているのは、図書と祭酒だけである。一之進としても確かにあると分かっていたわけではなく、ただ勘を働かせただけなのだろう。

一之進の様子は、悪事が露見して慌てているというより、自分がここで何をしていたのか分からず、戸惑っているように見えた。

「もう行け」

とだけ、図書は言った。

それでも、一之進は呆然《ぼうぜん》としたまま、動き出すことができないでいた。

「早く行かぬか。私の前から失《う》せよ」

図書は先ほどよりも声を張り上げた。

一之進は図書の威圧に弾き飛ばされたような形で、部屋を出ていった。襖を閉めることさえ忘れたまま、よろめき去っていく一之進の姿は、この時、何人かの者に見られていた。まるで幽鬼でも見たような顔をしていた、と述べる者もいた。

そして、試験問題の封書を手にしたまま、微動だにせぬ図書の姿も、襖が開け放たれたままの廊下から数名の者に見られていた。その時の図書の顔については、鬼神のごとく厳しく恐ろしげだったと言う者がいた。

お鶴が初めて一之進に会ったのは、この日の夕方のことであった。

物音を聞き、父が帰ってきたのかと玄関へ出向くと、たいそう顔色の悪い十六、七ほどの若い男が立っていたのである。

「どなたですか」

「……神戸先生のお嬢さまか」

相手はお鶴に目を据えて尋ねた。少し怖かったが、お鶴は「そうです」とうなずいた。

「私は神戸先生の弟子で、矢上一之進と申す」

一之進がきちんと名乗ったので、怪しい者ではないと分かり、お鶴もほっとした。

「神戸先生はご在宅か」

「いいえ、まだ帰ってきていません」

何の気なしに答えたが、一之進の目の中に浮かび上がったのは、ひどく不穏なものであった。ただ訪ねてきた相手がいなかったことへの小さな落胆とはほど遠い感情に見えた。

「中でお待ちになりますか」

お鶴が尋ねると、一之進は少し考え込む様子を見せたが、すぐに返事はしなかった。

このまま帰ることも、中へ上げてもらって待つことも、どちらも気が進まぬふうであった。

すぐに答えを出せない自分自身にも苛立《いらだ》っているようで、一之進の目つきは次第に険しくなっていく。

「あの……。母に知らせてまいりますので」

相手と二人だけで向き合っていることに耐え切れず、お鶴はそう切り出してみた。するど、それが何かの合図であったかのように、一之進はいきなりお鶴に目を据えて口を動かし始めた。

「神戸先生は私を誤解なさっている」

突然の言いようにお鶴は驚きつつ、言葉を返すことができなかった。

「私は神戸先生のお部屋に立ち入りはしたが、お話があって伺ったところ、先生がおられなかっただけなのだ。封書を見つけたのもたまたまのことだ。何だろうと手に取っただけで、開けてみようなどという気持ちは持たなかった。いや、手に取った時のことさえ覚えていない。先生が部屋へ入ってこられた時、どうしてあれが私の手の中にあったのか。あれを見て、先生は私が封書を開けて不正を働こうとしたと思われたのだ。汚らわしいものを見る目で、私を御覧になっておられた。私を疑っておられた先生は、私の言葉など聞いてくださろうともしなかった。ただ出ていけ、失せよとおっしゃられて。きっと先生は私を明道館から追い払うおつもりなのだ。私のことを祭酒さまに悪くおっしゃったに違いない。私はきっと試験を受けさせてもらえないのだ。神戸先生に憎まれたせいで、私はすべてを失ってしまう。先生のせいだ……」

一之進は頭を抱え込みながら、目を血走らせ、恨めしげな言葉を吐き続ける。話の中身で分からぬことはあったが、一之進が父をたいそう恨んでいるということだけはよく分かった。

お鶴は一之進が怖くてたまらなかった。が、一之進に見据えられていると、蛇にらまれた蛙《かえる》も同じで、足がまったく動かない。母を呼びたかったが、声を上げることすらできなかった。

だが、一之進に言いたいことはあった。

一之進が語る父は本当の父ではない。一之進は父を誤解している。ひどく父のことを恐れているようにも見えるので、恐怖が一之進の目を曇らせているのかもしれない。

一之進は父が誤解しているとさかんに訴えるが、よしんばそうだったとしても、それならば誤解を解けばいいだけのことだ。誤解と分かれば、父は己の過ちを認め、考えや態度を改めるだろう。

だが、恐ろしさのあまり、お鶴は何一つ一之進に声をかけることができなかった。

一之進はお鶴の前で、ひとしきり父を恨み、呪詛《じゅそ》するかのような言葉を吐いた後、挨拶もなく背を向け、走り去っていった。

その濃い影を背負ったような暗い背中は、その後、ずっと忘れることができなかった。

どうしてあの時、一之進を引き留めなかったのだろう。どうして、一之進に父はそんな人ではないと言うことができなかったのだろう。どうして、傷ついているとはっきり分かる相手に、優しい言葉一つかけてあげられなかったのだろう。

ただ脅《おび》えるだけで、何もできなかった。一之進が何もせずに立ち去ってくれた時、自分は安堵さえしていたのだ。ああよかった。傷つけられなくてよかった、と――。

父が帰ってきたのは、それから四半刻《しはんとき》（約三十分）ほど後のことであった。

お鶴はすぐに矢上一之進が父を訪ねてきたことを伝えた。

「何、一之進がここへ参ったと」

父はたちまち顔色を変えた。そして、その時の一之進の様子を、お鶴に根掘り葉掘り尋ねた。

お鶴は、一之進が父について語った言葉を、そのまま父に伝えるのが嫌だった。自分が口にするのも忌まわしい気がした。

それでも、父は何も包み隠さず正直に言うよう、お鶴を促した。何かを隠したり、偽ったりすることは決して許さぬと言った。そういうところはとても厳しい父だった。お鶴はもちろんそれを分かっていたから、いやいやながらも正直に話した。

父は一之進の来訪に初めこそ驚いたものの、その後、話を聞く間はとても冷静だった。そして、眉一つ動かさずにすべてを聞くや、「出かけてまいる」と言い出した。

「どちらへ行かれるのですか」

すでに外は暗くなりかけている。

「一之進の家へ参る」

「でも、あの方、中でお待ちになるかとお聞きしたのにそうなさらなかったのですよ。急な御用というわけではなかったのではありませんか」

何となく、父を一人で行かせることに不安を覚えて、お鶴は言った。

「急な用向きでなくとも、一之進が私に会いたがっていたのは事実だ。ならば、会いに行ってやらねばなるまい」

「すぐにお戻りになりますよね」

「それは話の成り行き次第だ」

父は相変わらずの冷静な口ぶりで告げた。

「場合によっては遅くなるやもしれぬ。それでも案ずるには及ばぬ」

「でも……」

「私は一之進の師匠だ。師であれば、教え子を救ってやらねばならぬ」

「あの方は父上を恨んでいるご様子でしたけれど」

「師が教え子から憎まれるのはままあることだ。教え子にとって耳の痛いことも言わねばならぬ時があるからな」

父はその時初めて、ほのかに微笑んだ。

「矢上さまはやはり父上を誤解なさっていたのですね」

「そこは互いに話をしてみないと分からぬが、一之進は賢いゆえ、仮に道を誤ったとしても正すことができるはずだ」

「わたくしは父上のごとく、人にものを教える師匠になりたいと思います」

その時、お鶴は言うつもりもない言葉を口にしていた。

それまではっきりとした形になっていなかった願いが、明確な言葉となった時であった。

「女子《おなご》の師匠といえば、琴や踊り、手習いの師匠などいろいろあるだろうが」

「わたくしは算法を教えたいと思います。父上のように」

「そうか。今の明道館に女子の学徒を迎えるところはないが、時が移れば、世も変わるやもしれぬ。いずれ、そなたの願いが叶うとよいな」

父は一之進のことを案じ、忙《せわ》しない思いでいたのだろうが、気が急《せ》くような様子を見せることはなく励ましてくれた。

「師とは教え子から恨まれることもあると言ったが、そなたにはやはり恨まれないでいてほしいものだ」

父の顔にほのかな笑みが刻まれていたのは、その言葉が終わるまでであった。父は気持ちを切り替えたように厳しい表情になると立ち上がり、再び外へ出ていった。

そして、夜の帳《とばり》が下りても帰ってこなかった。

母が矢上家へ使いの者を送った時、そちらでもまた騒ぎが起こっていた。一之進が行方知れずなのだという。一方、父は夕方、一度矢上家を訪ねたが、一之進が不在と知るやすぐ立ち去ったという。

結局、その晩、父も一之進も家へ帰らなかった。

二人は翌日、雄物川《おものがわ》の河口で亡骸《なきがら》となって発見された。

いずれも溺死であり、どういう経緯《いきさつ》の末、そうなったのかは不明だが、一之進の師匠として父には責めがある。神戸家は禄《ろく》を廃され、母とお鶴はそれまで暮らしていた家を追われた。

親族の家へ移った母は、それから笑うこともしゃべることもなくなった。やがて、食べることもしなくなり、ひっそりと死んだ。

お鶴が髪を下ろしたのは、それから間もなくのことであった。

六

宗次郎が賢吾に算法の課題を出すようになってから、数日が経った。

賢吾の学習に向かう態度はすっかり変わった。とにかく、算法の問題には熱心に取り組む。それも難しければ難しいほど意欲を掻《か》き立てられるようであった。

時には、字の読み書きもしてほしいと、妙春がそちらの課題を出すこともあったが、そちらは気分次第といったところだ。

しかし、以前よりは算法以外の課題にもきちんと取り組むことが多くなってきたようにも見える。さらには、そうした賢吾の変化が伝わり、それまであまり関わろうとしなかった子供たちが、賢吾に話しかけるようになったのだ。特に世話焼きなおてるなどは、

「算法がいくら好きだからって、そればかりでは駄目。ちゃんと妙春先生の言うこと聞いて、文字の手習いもしなさいね」

などと、賢吾の面倒を見るようになった。また、算法の難しい問題を賢吾が解けると知った他の子供たちも、賢吾に賞賛の目を向けるようになる。

そういう他の子供たちの変化は、賢吾にとっても意外に嬉しいようだ。まだ、他の子供たちと頻繁に言葉を交わすという段階ではないが、それでも関わり合いは生まれている。

――あの子に人並みになってもらおうなんて思っていません。……ただいろんな人やものとめぐりあってほしい。その中には、あの子を受け容れてくれるものがきっとあるはず。

そう言っていた母親のおこんの言葉が、妙春の脳裡《のうり》によみがえる。

今の賢吾の変化は、家での暮らしぶりにも表れているのではないかと思うが、この寺子屋での変化に比べたらおそらく小さなものだろう。今度、おこんに会った時には、このことをぜひ伝えたいと思いながら、妙春はこの日、賢吾の席へと向かった。

賢吾が算法の問題に夢中で向き合っている時には、あまり声をかけないようにしていたが、この時は宗次郎から与えられた問題を解き終わって、ぼうっとしていたため、妙春は賢吾に呼びかけ、その隣に座った。

賢吾は顔を上げ、妙春をじっと見つめてくる。こういうことも、最近になるまであまりなかったことだ。

「賢吾は本当によく頑張っているわね」

妙春は賢吾の帳面を手に取り、算法の答えや途中の計算が書かれた紙をめくりながら言った。正直なところ、賢吾の書く数字や文字は、「こういうことを書いたのだろう」と予備の知識がないと、読み取ることが難しい。だから、問題を出した宗次郎には読めても、妙春は説明を受けながらでないと読めないのだが、それでも時折、「いちごいちゑ」などと書いてある一葉《いちよう》もあった。

一期一会の講話をしたのは、宗次郎が初めて賢吾に課題を出した日であったから、この手習いはしていないと思っていたが、この言葉を書く気になった時があったらしい。

「これは上手に書けているわね」

妙春は賢吾を褒めた。

「でも、賢吾の才は算法に向いていたのですね。わたくしも算法は大好きなのですけれど、賢吾は算法があまり好きではないと勘違いをしていました。本当にごめんなさいね」

妙春がゆっくりと話す間、賢吾は瞬《まばた》きもしなかったが、その目が少しずつ見開かれていくのが分かった。どうやら、思いもかけない言葉を聞いて驚いているらしい。何に驚いているのかと思ったが、理由を尋ねても賢吾から聞き出すことはできないだろう。

ところが、この時、思いがけないところから声が上がった。

「妙春先生はおかしいです」

隣の席からおてるがこちらをのぞき込んでいる。

「おかしいって何のことですか」

「先生なのに、賢吾に謝っていることです」

「それがおかしなことなの？」

「そうです。賢吾だって目を真ん丸にして、吃驚《びっくり》しちゃってるじゃないですか」

おてるの言葉を受け、改めて賢吾に目を向けると、確かに先ほどから驚きの表情を変えていない。

「でも、わたくしは何もおかしなことなどしていません。先生だって、間違いをすることはありますし、そういう時には謝らなければいけないでしょう。間違えたことを謝るのに、何がおかしいのですか」

　妙春が訊き返すと、おてるはじっと考え込み、

「間違えたのを謝るのは変じゃないんだけど、先生が謝るのは何か……」

　と、呟きながら、首をかしげている。

「先生だから間違えちゃいけませんって言われると、わたくしだって城戸先生だって、とても緊張してしまいます。蓮寿先生だって『間違いくらいするわよ』っておっしゃると思いますよ」

「うーん、確かに蓮寿先生なら、そう言いそうな気はするんだけど……」

　おてるはそう言ってから、再びしばらく考え込むと、

「妙春先生は、間違いなんてしそうもないなって思えたんです」

　と、ややあってから、すっきりした表情になって言った。

「わたくしだって間違えることはありますよ」

　妙春は静かに言葉を返し、おてると賢吾を交互に見つめた。

「だから、間違えたら謝るのです。でも、間違っていないと思う時は、誰かから責められてもきちんとそう言います。わたくしの故郷は秋田という遠いところなのですけれどね。そこには明道館という学び舎があって、皆さんよりもう少し年上の若者たち

が学んでいます。そこでは、仲間同士はもちろん、先生とも論じ合うことをよしとしています。先生からただ教えられるだけではなく、教えられたことを使って自分の考えを述べ、それに対して相手の考えを聞き、また自分の考えを述べる。そうやって考えを深めていき、仲間と一緒に成長していくのですね」

おてるは何度も何度もうなずいている。ただし、おてるは分からなくてもうなずくことがあるから、本当に理解したかどうかは注意が必要だ。

一方の賢吾はまったく反応がない。それでも、話をきちんと聞いてくれたということは分かる。

「今はまだ、あなたたちは新しいことを学ばなければならないから、論じ合うのは早いけれど、いつかこの薫風庵でもそういうことができたらいいなと思うのですよ」

妙春は話を終え、おてるには自分の手習いへ戻るようにと伝えた。それから手にした賢吾の帳面に再び目をやり、宗次郎がこの寺子屋の指導に加わってくれて本当によかったと改めて思った。

「もしわたくしが一人で賢吾を見ていたら、今でもまだ、この優れた才に気づかぬままだったかもしれませんね」

賢吾に帳面を返しつつ、

「賢吾も城戸先生には感謝の気持ちを持ってくださいね」

と、告げると、賢吾はその時初めてうなずいた。だが、それから何を思ったか、急に首を横に振ると、返された帳面を急にめくり出し、ある一葉を見つけ出すと、それを妙春の方に突き出してくる。

「たい賢はぐなるがごとし」

と、書かれている。

ふた月ほど前に講話で話した言葉だったろうか。賢吾がこの言葉を書き写したのは、おそらく「賢」が自分の名前に使われた漢字だということが心に響いたからと思われる。

――大賢は愚なるがごとし。

非常に賢い人はその知恵をひけらかさないため、愚か者のように見えることがある。「大智《たいち》は愚なるがごとし」とも言うが、その時は「賢」の字を用いて説明した。

賢吾が今この一葉を開いて見せたのは、自分の名にある漢字が使われているからではない。この言葉の意をしっかりと理解しているからだ。

大賢とは、まさに賢吾自身のことだ。そして、その賢吾が周囲から愚者のように見られていたのは事実である。

賢吾はそれを気にしているようにはまったく見えなかった。しかし、自分が他人と同じように振る舞えないことを、賢吾が悩んでいなかったと決めつけることもできない。

他人からは推《お》し量れない形で、賢吾が悩んでいたということはあるだろう。

そして、その傷を負う賢吾が、この言葉によって慰められていたのだとすれば——。あるいは、この言葉を信じて、自棄《やけ》になることもなく日々を過ごすことができたのだとすれば——。

「そうでしたか。この言葉は賢吾の心に届いていたのですね」

妙春は涙ぐみそうになるのをこらえて、ようやく言った。

傍らでは、賢吾が気ぜわしげに、何度もくり返しうなずき続けていた。

第三話　寺子屋御覧

一

　梅雨が明けて、夏の陽射《ひざ》しが厳しさを加え始めた頃、堤勝之進が薫風庵に乗り込んできた。勝之進は、数日に一度遣わされてくる日向屋の用心棒だ。薫風庵においては蓮寿の話し相手をしていただけだが、今は寺子屋の手伝い役となった城戸宗次郎の様子に探りを入れてくる。

　蓮寿や妙春にそれとなく尋ねるのだが、いかにも宗次郎を怪しんでいるふうなので、

「見え見えで鬱陶《うっとう》しい」

などと、蓮寿からは言われていた。

それでも蓮寿のお気に入りには違いなく、来れば来たで、菓子だつまみだと歓迎してもらえるので、勝之進もまんざらではない様子である。

その勝之進がいつになく渋い表情で、

「大事なお話があります」

と、蓮寿に切り出したのが、この真夏日のことであった。

「あらあら、勝之進さん。目つきが怖いわよ。それも悪くはないけど、いつもの涼しげな男前が見られないのは残念だわあ」

蓮寿がいつもの調子でからかうと、

「今日は真面目な話ですから、茶化《ちゃか》さないでください」

と、いつもと違う調子で切り返してくる。その上、

「妙春殿と城戸殿にも、同席していただきたい」

とまで言い出した。

子供たちを帰した午後、妙春と宗次郎は子供たちの指導について話し合おうとする矢先のことであった。宗次郎が一緒に子供たちを見てくれるお蔭《かげ》で、これまで行き届かなかったところに目がいくようになり、本当に助かっている。何より、子供の様子

について語り合える誰かがいるということは、志を同じくする仲間を得たようで心強かった。

だから、宗次郎と語り合う午後は、妙春にとって充実した貴重な時であるのだが、冷えた面差しの勝之進から同席を求められては仕方がない。

妙春と宗次郎は蓮寿と共に、勝之進の話を聞くことになった。

「今日は日向屋のご主人から申しつかってきたことを、お伝えしに参りました」

勝之進の言葉に、蓮寿が顔をしかめる。

「どうせ、小さな針の穴を、人の頭くらいの大きさと思い込んで、大騒ぎしてるんでしょ。まったく父親に似ず、肝の小さい男なんだから」

「日向屋のご先代は、胆力のあるお方だったのでございますか」

宗次郎が蓮寿の機嫌を取り結ぶように言えば、「そりゃあそうよ」と蓮寿が応じる。

「何たって、この私が身請けされるのをよしとした男なんですよ。そこらの男とは違う。まあ、男ぶりっていうだけなら、宗次郎さんも勝之進さんも、そうそう見劣りするわけじゃないけれど」

「そうですか。それはお世辞でも嬉《うれ》しいお言葉です。ねえ、堤さん」

宗次郎は人当たりのよい笑顔で言うのだが、勝之進は白皙《はくせき》の眉のあたりを険しくしただけであった。

「私はご先代のお顔は存じませんが、当代のご主人は男前でいらっしゃいますよ」

と、不機嫌そうに言い返す。右の眉だけがひくひくと震えているのに目を留め、

「あらあら、ご機嫌斜めねえ、勝之進さんは」

蓮寿が笑いながら言ったが、それ以上はからかおうとせず、口をつぐんだ。

「では、申し上げますが、皆さんはこの町で薫風庵がどう言われているか、ご存じなのですか」

日向屋の主人の言葉を伝えるのかと思いきや、勝之進の口から漏れたのは問いかけの言葉だった。

「うちの庵《いおり》が噂《うわさ》にでもなっているの」

蓮寿も意外そうな調子で受ける。蓮寿と妙春、宗次郎はそれぞれに顔を見合わせた後、「さあ」と首をかしげた。

「そろいもそろって、おめでたいことで」

勝之進は怒りのこもった口調で嫌味を言う。しかし、かなり年上の蓮寿に対し、あまりに失礼な言い草だったと反省したのか、気を落ち着かせるように咳《せき》ばらいをした。

「よろしいですか。薫風庵はこう言われておるのですぞ。ああ、先に断っておきます

が、私が言ったことではありませんので、悪《あ》しからず」

「誰もそんなこと言ってないでしょ。もったいぶっていないで早く言いなさい」

と、蓮寿が急《せ》かす。

「薫風庵は尼君の住まいのはずだのに、近頃では若い男を招き入れ、破戒坊主ならぬ破戒比丘尼《びくに》が跋扈《ばっこ》している。下手すりゃ、男を買っているのではないか、と」

一気に言ってのけた勝之進の言葉に、妙春は絶句した。宗次郎の口からも特に言葉は出てこない。

三人の中で、真っ先に声を上げたのは蓮寿であった。

「破戒比丘尼って、それはいいわ」

声を上げて高らかに笑っている。

「比丘尼は本来戒律を受けた偉い尼さんのことだけど、売り比丘尼といって、遊女に身を落とした尼を嘲《あざけ》る言葉もあるの。それなのに、私たちは逆に男を買っていると思われたんだからね。妙春、聞いた？　私たち、大したもんだと思わない」

「いえ、特には思いませんが」

ようやく冷静さを取り戻し、妙春は真面目に答えた。

「ねえ、宗次郎さん。これって、私へのやっかみと妬みよねえ。皆、私がうらやましくてならないんだわ」

「さ、さあ。私には何とも……」

蓮寿から問われ、宗次郎は目を白黒させている。

「それより、その招き入れられた男とは私のことなのでしょうか」

宗次郎は怒り顔の勝之進に目を向けて問うた。

「他に誰がいるのです。ここに出入りしている男と言えば、子供と私と城戸殿ですからな。私は夜までお邪魔したことはありませぬし」

勝之進はつけつけと言う。

「私だって、夜にはこちらの庵に立ち入りません。近所の見回りをする以外は学び舎《まなや》の一室にいるのですよ」

「世間の人はそんな細かいことまで知りませんよ」

勝之進は冷たく言い返した。

「いずれにしても、そういう噂が流れているのです。そして、それは日向屋のご主人の耳にも入りました」

「へえ、それで。あの男は何て言ってるの」

と、蓮寿も冷えた声になって問う。

「城戸殿を――日向屋のご主人のお言葉を正しくお伝えするならば、食いつめた浪人者をすぐに薫風庵から追い払え、用心棒の給金は今月分まで出してやる、とのことでございます」

「何で、そんなことを日向屋に言われなきゃならないのかしら。薫風庵は日向屋ものじゃない。この私が先代から頂戴した土地と建物なんですよ。あの男にとやかく言われる筋合いじゃありませんね」

蓮寿はぷいとそっぽを向く。

「そうはいっても、日向屋は今でも日々の暮らしにかかるお金を出しているではありませんか。何のかの言っても、日向屋のご主人は蓮寿殿を守ろうとしておられるのです」

「あの男が守ろうとしているのは日向屋の看板と世間体だけ。私が店の看板に傷をつけるんじゃないかとひやひやしているから、こうして勝之進さんを送り込んで見張らせているんでしょ」

「見張っているのではありませぬ。お守りしているのです」

勝之進が懸命に言っても、蓮寿は拗《す》ねたまま機嫌を直さなかった。

「蓮寿さま。今のお話については堤さまのおっしゃる通りでしょう。蓮寿さまもわたくしも、日向屋のご主人にはお世話になっている身の上でございます。確かならざる噂話を鵜呑《うの》みにされたのは、また別の話。日向屋のご主人が庵の暮らしぶりにお口を挟まれるのは、決して道理に外れたことではございません」

妙春が口を添える。すると、蓮寿はその鋭い眼差《まなざ》しを妙春へと向けてきた。

「だったら、妙春。お前は日向屋の言う通りになって、宗次郎さんをここから追い出せばいいと言うつもり？」

「そうは申しません。そもそも、ただ今の話はわずかばかりの真実も含んでおりません。そのような偽りの言葉に振り回されるのは、誰にとってもよいことではありますまい。第一に、城戸さまがここを出ていかれれば、寺子屋の指導を助けていただいていたわたくしが困ります。第二に、城戸さまに教えられることで、すくすくと力を伸ばした賢吾をはじめとする子供たちが困ります。そして蓮寿さまは……。とにかくこの薫風庵にとって、城戸さまは入用《いりよう》な方になっているのでございます」

「ちょいと、妙春。どうして私のところだけ口をつぐんでしまったの。宗次郎さんは私にとってもいてもらわなくてはならぬお人なのよ」

「蓮寿殿にとって、城戸殿がどんなお役に立っているのですか」

すかさず、勝之進が切り込んだ。

「それは、日々の張り合いってものですよ。誰とも触れ合わず語り合うことのない、年寄りの一人暮らしを想像してごらんなさい。妙春という若い弟子がいて、宗次郎さんというい男がいて、潑剌《はつらつ》とした子供たちが日々やって来る。これが張り合いでなくて何だというの」

「仮に城戸殿がおられなくとも、蓮寿殿の張り合いは保たれると思いますが」

「だったら、勝之進さん。あなた、日向屋を辞めて、薫風庵だけの用心棒になってくださいな。ここに寝泊まりし、私たちを守り、寺子屋の子供たちの世話もして、妙春のことも助けてやってちょうだい」

「無茶を言わないでください。そんなことをすれば日向屋が困ります。ご主人が承知なさるはずがないでしょう」

「なら、この話は終わり。あの男には今の話をそのまま伝えてちょうだい」

蓮寿はそうして話を打ち切った。

「さ、妙春。勝之進さんがお帰りになるからお見送りして」

そう言われれば、勝之進も辞去しなければならない。立ち上がって部屋を出ていく勝之進と共に、妙春も座を立った。

「蓮寿さまは思ったことをそのままお口になされているだけで、悪気はありません。

日向屋のご主人にはよしなにお伝えください」

部屋を離れてからそっと伝えると、勝之進は溜息《ためいき》を漏らした。

玄関まで行き、そこで見送ろうとしたところ、勝之進が外まで来てほしいという眼差しを向けるので、妙春も草履を履いて外まで出た。ここならば絶対に聞こえないと安心したのだろう、

「日向屋のご主人には適当に言葉を濁しておきますがね。町の噂は皆さんが思うより、ずっとたいそうなものになっておりますぞ」

勝之進は溜《た》め込んでいたものを吐き出すようにしゃべり出した。

「たいそうなもの……」

そう言われると、妙春も心配になってきた。噂の中身があまりに荒唐無稽《こうとうむけい》だったから、誰もまともに信じやしないと思っていたのだが、そうでもないのだろうか。勝之進の話によれば、初めは信じていなくとも噂が広がるにつれ、もしや――と思う者が増えてきているのだという。

「どんな話であれ、何度も別の人の口から聞かされれば、信ずるに値する話かと思い始めるもの。そのうち、かつて自分が疑っていたことも忘れて、それは事実なのだと思い込んでしまうのです。今、薫風庵は世間からそう見られているのですぞ」

勝之進の声はしゃべるにつれて大きくなっていく。

「でも、あんなこと、まったくのでたらめなのですよ。昔はいざ知らず、蓮寿さまとて色を好むお年ではありませんし、何のかのおっしゃっても、日向屋のご先代のことを今も慕わしい方と思っておいでなのです」

妙春が言うと、勝之進はいささか大袈裟《おおげさ》に溜息を吐《つ》いた。

「町の人たちとて、蓮寿殿のことを疑ってはおりますまい」

「どういうことですか」

「皆が疑っているのは、城戸殿と妙春殿の仲だということです」

「尼の身のわたくしが、どうして俗世の殿方と情を通じたりするのです」

あり得ない話であった。今の今まで、疑われているのは蓮寿の方だと思っていたのだが……。

「絶対にないとは言い切れないでしょう。出家の身で戒律を破る人とている。妙春殿が戒律を破らないかどうかなど、誰にも分かりませぬ」

「わたくしはいい加減な気持ちで世を捨てたわけではありません」

「そんな話、世間の人の知ったことではありませんよ。それとも、妙春殿は世間の一人ひとりに、私は清らかな尼ですとでも言い歩くのですか」

「そんなことできるわけが……」

「さよう。できるわけがありますまい。では、城戸殿がここを出ていくのはさほどに難しいことなのですか」

そう言われると、返事ができなくなった。

「よく考えてください。日向屋のご主人の言い分は、私にはしごく真っ当なことと思えます」

勝之進はそれだけ告げると、頭を下げて背を向けた。しかし、すぐに歩み出そうとはせず、

「妙春殿は清らかな人です」

背を向けたまま呟《つぶや》くように言う。

「私はあなたを疑ったことはありませぬ。だからこそ、そんなあなたが汚らわしい噂にまみれることはつらいのです」

「堤さま……」

「私の勝手な考えですから、聞き捨てにしてくださってかまいませぬ。では——」

勝之進は歩き出した。振り返らずに去っていくその背を、妙春は見えなくなるまで見送り続けていた。

二

妙春が勝之進の言葉の深刻さを思い知ったのは、それから数日後のことであった。善蔵の母のおけいが他の母親たちを伴い、薫風庵へやって来たのである。かつて、子供たちへの対応のことで文句を言いに来た際は、三四郎、千代吉の母親を伴っていたが、今度はその二人だけでなく、さらに三人の母親が加わっていた。

母親六人がそろって現れると、何とも言えぬ威圧感がある。

「蓮寿先生、妙春先生、城戸先生、皆さまおそろいの席で、申し上げたいことがありましてね」

おけいが要求するので、取りあえず三人で話を聞くことになったが、総勢九人がゆったりと座れるほどの部屋が庵にはない。

「客間に入れないこともないけど、この暑さじゃねえ。大体、美女八人に男一人、狭い部屋にぎゅうぎゅう詰めじゃ、宗次郎さんが委縮しちゃうわ」

と、蓮寿が言い、それならば学び舎を使おうという話になった。

子供たちはもういないから、机を脇の方へ移動させれば、九人が膝をそろえて座っても十分な広さがある。

宗次郎と一緒に部屋の片付けをしながら、妙春は落ち着かぬ気持ちであった。おけいの眼差しの険しさを思い浮かべると、容易ならざる話であることは想像がつく。他の母親たちの自分を見る目も冷たかった。蓮寿に向けられた眼差しも、宗次郎を見る目も、そこまで冷たいものではなかったというのに。

（お母さまたちの話というのは……）

今、寺子屋の子供たちの様子に、これという問題は起きていなかった。日々の小さな言い争いや、ちょっとした学びの躓《つまず》きはあるにせよ、皆が宗次郎を受け容《い》れ、それぞれの課題に落ち着いて取り組んでいる。

賢吾は算法の才をぐんぐん伸ばしているし、他の子供たちも刺激を受けているようだ。あえて言うなら、善蔵が少し元気がないが、与えられた課題には真面目に取り組んでいるし、しばらくは黙って様子を見ようと宗次郎とも話している。

まさか、息子の元気がないことを相談しに、おけいがやって来たわけではないだろう。ならば、親たちが気にかけているのは、先日勝之進が話していたことではないのか。

やがて、部屋の用意が調《ととの》うと、庵で待っていた蓮寿と母親たちを呼び、話を聞く手はずとなった。

「お忙しいところ、先生方には恐れ入ります。口幅《くちはば》ったいことを申し上げますが、これも子供たちを思う愚かな親心だと思い、ご勘弁願いましょうか」

　母親たちの代表ということらしく、おけいが母親たちの真ん中に座り、切り出した。他の母親たちはそれぞれ神妙そうな表情を浮かべている。

「親御さんが子供のことを思うのは当たり前ですよ。私たちだって、子供が第一なんですから、そのためになるお話なら聞かないわけがありません。さ、遠慮などせずにおっしゃい」

　蓮寿が堂々と促し、おけいは「おありがとうございます」と礼を言ってから、再び語り出した。

「実は、町じゃ近頃、薫風庵の先生方を貶《おとし》めるような噂が出回っていましてね。大変申し上げにくいことなんですが……」

「ああ、それなら私たちだって知っているからいいわよ。私や妙春が宗次郎さんを買って、破戒の楽しみにふけっているって話でしょ」

　蓮寿の言い草に、おけいはぎょっとなった。他の母親たちも一様に度肝を抜かれている。

「い、いいえ。そこまであからさまでは……」

おけいが顔を赤くしながら、しどろもどろになって言う。妙春も驚いたし、恥ずかしかったが、そうはいっても蓮寿の破天荒な物言いには慣れている。一方の母親たちは、鳩《はと》が豆鉄砲を食らったような顔をさらしており、それを見ると、妙春は逆に少し落ち着くことができた。

「えーっ、とにかく」

おけいが気を取り直し、背筋をぴんと伸ばした。

「あたしどもはそんな話を、もちろん信じちゃおりません。ですが、町の噂などというものはささっと消せるものじゃありませんし、人によっちゃ、ただ騒ぎ立ててはしゃぎたいだけなんです。うちの亭主なんぞはそういう噂を拾い集めるのも、仕事の一つですから、そこらへんのことは重々分かってるんですよ」

と、おけいは夫が岡っ引きであることをにおわせ、先を続けた。

「いえね、うちの亭主がこう申しておりました。噂話ははやり病と同じだって。どうにか食い止めようとしても思うようにならず、広がるだけ広がったら、やがて収まるもの。ただ、あたしどもが心配しているのは、収まる前に子供たちの耳が汚されることです。もちろん、あの子らには言葉の意も分からないでしょうが、先生方が何やらよくないことをしていると思うんじゃないですかね。そうなったら、先生方を敬えなくなり、手習いどころじゃなくなるだろうって」

「大人にとって面白い話が、子供にとっても面白いわけじゃないと思いますけどね。まあ、子供のことを案じるお気持ちはよく分かりますよ。それで、私たちにどうしてほしいとおっしゃりたいのかしら」

　蓮寿が母親たちに迎合するでもなく、強く批判するでもない、絶妙な物言いで先を促す。おけいは緊張した表情で口を開いた。

「先生が二人ついてくだすって、これまでと同じ束脩《そくしゅう》なんですから、あたしどもにとっちゃありがたい話です。けれど、こんな噂が立つのだったら、今まで通り先生はお一人でいいんじゃないかと思いましてね。これまでだって、ちゃんと教えてくだすっていたんですし……」

　おけいが傍らの母親たちに目を向けると、母親たちは次々にうなずいた。

「おけいさんの言う通りです。そもそも、寺子屋の先生は一人ってのが世間の相場ですから」

「あたしもそれでいいと思います」

　おけいの言い分を後押しする母親たちの言葉が次々に続き、「ふうん、そう」と蓮寿がいつになくむすっとした様子で受ける。母親たちは少しきまり悪そうな表情で、蓮寿から目をそらし、口を閉ざした。

その場に気まずい沈黙が下りたところで、

「そういうお話でしたら、私はこちらを出ていきましょう」

と、宗次郎が切り出した。

「噂が荒唐無稽なものであることはここではっきりさせておきますが、そのもとは私が薫風庵に来たことです。私が去れば、噂もなくなるでしょうから」

「いいえ、あたしどもはそんなことをお願いに来たわけじゃありません」

おけいが慌てて言った。

「そもそも、城戸先生は子供たちからたいそう慕われておいでじゃありませんか。大体、あの賢吾ちゃん——もともと筆さえ手にしなかったあの子が、今じゃ熱心に学んでいるんですってね。それは城戸先生のお蔭だって聞いていますよ」

おけいの言葉に、母親たちが熱心にうなずいた。

「しかし、お母さんたちのお話では、教える者は一人でいいと——」

宗次郎が困惑気味に言いかけ、口をつぐんでしまう。それ以上を宗次郎に言わせるのは気の毒だったので、

「でしたら、このわたくしが薫風庵から出ていけばよいのですね」

妙春は自ら静かな声で告げた。おけいがさすがに妙春から目をそらし、

「いえね。妙春先生がどうというわけじゃないんですよ。ただ、お二方で一緒に教えていると、おかしな噂を立てられてしまうようですから」

と、きまり悪そうに言う。

「ちょいとお待ちなさいな」

と、蓮寿が勢いよく言った。

「今の話じゃあ、仮に妙春がここを出ていったって、私と宗次郎さんが残るんですよ。何の解決にもならないでしょ」

「いえ、失礼ですが、城戸先生は蓮寿先生の息子さんくらいのお年でしょうから、そこまでひどい噂にはならないかと――。妙春先生は何といっても若くて、器量もよろしいから、よくも悪くも人の目を惹《ひ》きつけてしまうんですよ」

「本当に失礼な言い草ですよ。私にとってね」

蓮寿がふんっと怒ってしまったので、「あの、蓮寿先生に失礼なことを申し上げるつもりは……」とおけいが下手《したて》に出る。しかし、蓮寿の見当違いな怒りはともかく、母親たちの要求ははっきりしていた。妙春に寺子屋を辞めて、薫風庵を出ていっても

らいたいということだ。

理不尽な話だとは思う。理不尽であることは母親たちも理解している。だから、「出ていってくれ」とは言わず、婉曲《えんきょく》な言い回しをしているのだ。

子供たちのことは気にかかるし、この先の成長を見届けたい気持ちはある。だが、賢吾の成長ぶりを目の当たりにした今、宗次郎に任せておけば大丈夫だという確信はあった。

ここで意地を張れば、母親たちと対立してしまうだろう。ならば、母親たちが多少なりとも遠慮しているこの段階で、その要求を呑《の》むことが……。

「あのう、妙春先生」

その時、三四郎の母お熊と千代吉の母お竹が、もじもじしながら切り出した。

「先生にはこれまでのこと感謝していますし、こうなってお気の毒にも思っております。ですが、子供たちのことを思って、ここは――」

「それに、このお話はここにいる六人だけの願いじゃなくて、他の親御さんたちの願いでもあるんです。あたしたち、皆さんの同意を取り付けて、ここへ伺ったんですよ」

皆さんの同意――そうだったのかと合点した。嫌な噂を聞いた親たちが顔をしかめ、宗次郎か妙春のどちらかに辞めてほしいと思うのは当然だ。そして、どちらかが去らねばならないのなら、子供たちにとって本当に必要なのは――。

「お母さま方」

妙春はお熊とお竹の目を見つめ返した。二人が申し訳なさそうな眼差しになり、そっと目を伏せる。母親たちにこんな顔をさせるのは忍びない。

妙春が再び口を開こうとした時であった。

「ちょいと、おたくら。何の話をしてるのさ」

断りもなく、学び舎の戸を開けて、押し入ってきた女がいた。

「金之助のお母さま……」

善蔵と並び立つもう一人の餓鬼大将、金之助の母のおりきだ。

「このことならば、事前に話がいっていたはずです。学び舎を取り巻く事情を改めてもらうため、先生方にお願いしに薫風庵へ伺うと――」

おけいが腰を浮かして、おりきに言った。

「ああ、確かにそこにいる女があたしんとこへやって来て、ぼそぼそと小さな声で何か話していったさ」

「そこにいる女って……」

女呼ばわりされたお熊がいきり立つ。しかし、おりきは少しも悪びれていなかった。

「何でも、妙春先生を追い出して、城戸先生をまつり上げようっていう、よからぬことを企む女がいるんだってね。料簡《りょうけん》してくれって言われたから、嫌だって言ったんだよ。そのこともちゃんと先生方に伝えてくれたんだろうね」

おりきの言い分に、おけいをはじめとする母親たちがきまり悪そうな表情を浮かべた時であった。

「あらまあ、おりきさん。お久しぶりだこと」

すっかり機嫌を直した蓮寿が明るい声をかける。

「ああ、これは蓮寿先生。その節はうちの馬鹿がいろいろとご迷惑をおかけしまして」

「いいのよう、そんなの。子供は大人を振り回して当たり前。それより、今、面白いこと相談していたから、あなたもちょっと事情を知っているようだし、一緒に話していきなさいな」

蓮寿は誰の考えも聞かずに勝手に決めた。

「それはありがとうございます。先生方のところへ伺うって話は耳にしてたけど、今日だとは聞いてなくてね。あたしにはわざと知らせなかったんですよ。何せ、うちの馬鹿がこの人たちの姿を見たって駆け込んできて知ったんだから」

それから、おりきは後ろを振り返り、

「ほら、あんたも顔を出しなさいな」

と、声をかける。すると、おりきの後ろに隠れていたもう一人の女が現れた。

「これは、賢吾のお母さま」

「どうも、妙春先生」

賢吾の母のおこんであった。

「この人もね、妙春先生を追い出すのは絶対反対だったそうなんですよ。それで、薫風庵へ伺う際には自分も行くって言ってたのに、無視されちゃったんだって。うちの馬鹿が賢吾のおっ母《か》さんにも知らせてやろうって気を利かせてさ」

「本当に、金之助ちゃんが来てくれて助かりました。でなければ、知らないままで。あの子は本当によく気の付く、いい子ですねえ」

「いや、あんな馬鹿、そこらにいませんよ」

口とは裏腹に、おりきは嬉しそうである。おりきとおこんは仲良さそうな様子で入ってくると、先にいた母親たちに場所を詰めさせ、座り込んだ。

「おりきさんの考えはまあ、今ので大体分かったわ。念のため、おこんさんの考えも、ご本人の口から聞いておきたいのだけれどね」

蓮寿が促すと、おこんは大して緊張もしていない様子で「はい」と答えた。

「今、おりきさんが言ってくださったように、あたしは妙春先生にはずっと賢吾を教え続けてほしいんです。変わり者のあの子を根気強く見てくださる先生なんて、そうそう見つかるものじゃありませんからね」

「へえ、そうなの」

蓮寿はとぼけた様子で応じた。

「私はまた、おこんさんは宗次郎さん贔屓《びいき》なのかと思ってたわよ」

「宗次郎さんとは、城戸先生のことですか。でも、どうして」

「だって、賢吾が算法に目覚めたのは、宗次郎さんのお蔭じゃないの」

「そのことは、もちろんありがたいと思っております。城戸先生にお目にかかるのは初めてですが、そのお礼も申し上げたいと思っていました。けれども、だからといって、妙春先生がいなくてもあの子が大丈夫ということにはなりません。いえ、おそらく今、妙春先生とお別れするようなことになれば、あの子は寺子屋へ通えなくなってしまうんじゃないかしら」

「あら、今までのお話とずいぶん違うじゃないの。賢吾が変わったのは宗次郎さんのお蔭。だから、宗次郎さんには寺子屋にいてもらわなきゃいけない。そう聞いたから、誰より熱心に宗次郎さんを推《お》しているのは、他ならぬおこんさんなんだろうって、私は思っちゃいましたよ」

「あたしは、城戸先生を推しているなんて言ったことは一度も……」

「ふうん。おこんさんと私じゃ、男の話が合わなそうだわねぇ」

「え、男の話？」

どういう話の成り行きなのかと、おこんが物問いたげな眼差しを妙春に向けてきた。

「蓮寿先生」

おけいが先ほどよりもずっと遠慮がちに切り出した。

「あたしどもは、おこんさんが言ったとは一言も申していませんよ」

「ええ、そうだったわね」

「それに、城戸先生が妙春先生より優れているとか、そんなことも申していません」

「ええ、そうでしょうとも」

「ただ、町のいかがわしい噂を消すにはどうしたらよいかと、子供たちのことを考えまして……」

「そう、それよ。おけいさん！」

蓮寿がその時、急に大きな声を出した。

「子供たちを第一に考えることが、今の私たちにとって大事なこと。これに反対の人はいないわね」

その場を仕切る蓮寿の言葉に、異を唱える者はいなかった。

「子供の耳にいかがわしい噂を入れないことも大切。子供が安心して寺子屋で学べることも大切。二人の先生のうち、どちらかがいなくなった時、子供たちに不安を抱かせないことも大切なの。そうよね」

母親たちが思い思いにうなずいている。

「この事態を解決する方法は三つ。妙春が出ていく。宗次郎さんが出ていく。どっちも出ていかない代わり、子供たちの信頼を損なわない手段を見つける。そこで、私は決めました」

と、蓮寿は一同の顔を順に見回しながら、自信ありげに言い出した。

「親御さんたちの寺子屋御覧《ごらん》の日を設けましょう」

「寺子屋御覧の日?」

「そう。子供たちが二人と一緒に学んでいる姿を、親御さんたちに見てもらうんです。それによって、親御さんたちもいろいろなことを思うでしょう。その後、さっきの三つの中から、どれが最も子供たちのためになるかを考えればいいんです」

「で、ですが」

言葉を返そうとするおけいの手を取り、蓮寿はその目を見つめてさらに言う。

「親御さんたちは何のかの言っても、学び舎での子供たちの姿を知らない。知らずにとやかく言っても始まりませんよ。言いたいことは見てから言いなさい」

蓮寿からじいっと目を見て諭《さと》されると、それ以上は逆らいようもなく、おけいもうなずいた。

そして、寺子屋御覧の日は少し涼しくなってからの方がいいだろうと、秋を迎えた七月十五日のことと決まった。

三

それから、母親たちはそれぞれ別の面持ちで挨拶し、薫風庵から帰っていった。

岡っ引きの女房おけいは渋い面持ちで、一方、博奕《ばくち》打ちの猛妻おりきは勝ち誇ったような面持ちで。

おこんは宗次郎に対して、賢吾が世話になったと丁寧に礼を述べた後、

「あたしにお手伝いできることがあったら、何でも言ってくださいｌ。妙春先生」

と、妙春に励ましの言葉をかけて帰っていった。

「やれやれ。子供を持った親は大変だわねえ」

蓮寿は肩が凝ったと手でほぐしながら、うんと伸びをして立ち上がった。

「あちらで肩をお揉《も》みいたしましょう」

蓮寿に続けて立ち上がりながら、妙春が言うと、

「お前、何で私と一緒にあっちへ戻る気になっているのよ」

と、叱られてしまった。

「あ、こちらの机の片付けはしていきますが」

「机の話をしているんじゃないわよ。お前と宗次郎さんはこれから考えなきゃならないことがあるでしょうが」

それは、どちらがここを去るべきか、二人でじっくり相談しろということか。おそらく宗次郎は自分が出ていくと言うだろう。だが、相手への遠慮よりもまずは子供たちだ。確かに、一度じっくり話し合うことは大切かもしれない。宗次郎と目が合うと、同じ考えであることが分かった。

「あ、二人とも今、どっちかが出ていくなら自分が――とか、思ってたんじゃないで

しょうね。そういう余計な気を回す暇があったら、寺子屋御覧の日に子供たちのどんな姿を見せてやるか、そっちに頭を使いなさい」

「どんな姿とおっしゃられても、ふだん通りの姿を見せればよいのではありませんか」

　妙春が言うと、蓮寿はふうっと大きく息を吐き出した。

「そのままの姿を見せてどうするのよ。親御さんだって忙しいところ、わざわざ都合をつけて見に来てくださるんだからね。つまらないもの見せるわけにはいかないでしょうが」

「ふだん通りの姿は、つまらないのでしょうか」

「お前、ふだん、寺子屋で何をしているかよく思い返してごらん。お前たちが子供たちの席をめぐり歩いて、それぞれに声をかけるだけでしょ。そんなのを傍《はた》から見せられたって、面白くも何ともないのよ。子供が何を書いているのか、お前たちが何をしゃべっているかも、よく分からないんだから」

「では、当日は、親御さんたちにあえて見せるための何かを用意するということでしょうか」

　口を挟んだ宗次郎に、「そうそう」と蓮寿は上機嫌に返事をした。

「要するに、お芝居を見に行くようなつもりで、親御さんたちはやって来るわけよ。だから、こっちもそのつもりでお迎えして、舞台に立つ子供たちの姿を見せてやればいいわけ。それが派手であればあるほど、親御さんたちは喜ぶものよ」

「ですが、それではふだんの様子を見てもらう、という本来の趣旨から外れないでしょうか。また、城戸さまとわたくしと、どちらが子供たちにとって入用な者か、判断しにくくなりはしませんか」

妙春がさらに尋ねると、蓮寿は心配しなくていいと答えた。

「親なんてね、子供が活躍する姿を目にすりゃ、今日のやり取りのことなんてすっかり忘れちゃうものよ」

「え、それでは親御さんたちに今日のことを忘れさせることが、寺子屋御覧の本来の目当てなのですか」

「そう言うと元も子もないけれど、まあ、そうね。けれど、いちばん大事なことは、親を楽しませることじゃなくて、子供たちを楽しませること。ふだんの手習いを親に見てもらったって、何が楽しいもんですか」

知恵を絞って、子供たちを楽しませるやり方を考えるようにと言い置き、蓮寿は一人で庵へ戻っていった。

皆が立ち去った後の学び舎は、机を端の方へ片付けたせいもあってか、だだっ広く感じられる。ここで、妙春と宗次郎は寺子屋御覧の日に何をするのか、考えを出し合う羽目となった。

「せっかく広くなったのですし、この広さを使ってできることもあるかもしれませんので、まずはこのまま考えてみましょうか」

宗次郎の言葉に賛同はしたものの、広い学び舎の部屋で何を親に見せればよいのか、妙春はまったく思いつかなかった。ここで相撲なり双六《すごろく》なりをすると言えば、子供たちは大乗り気になって喜ぶだろうが、それではただ遊ぶ姿を見てもらうだけのことになってしまう。

「遊びでなく、学ぶ姿を見せなければならないのですものね」

妙春は小さく呟き、溜息を吐いた。

「学んできた成果を見せる、ということでもよいのだと思いますが……」

「それでしたら、子供たちの手習いの清書を、壁に貼り出すのはいかがでしょう」

妙春が部屋を見回しながら言うと、宗次郎はうなずいた。

「そうですね。壁をうまく使えば、それは可能だと思います。一つの案として数えておきましょう」

というふうに話は進んだが、成果を貼り出すだけでは、当日の子供たちが暇を持て余してしまう。

「その日、親御さんたちの目の前で、子供たちに何をさせたらいいのでしょうか」

蓮寿は、舞台に立つ子供の姿を見せてやれと言っていたが……。

「賢吾が算法に励み出したことは、他の子供たちや親御さんたちにとっても驚きだったようですし、実際にあの子は難しい問いもよく解きます。その姿を見れば、おそらく誰もが目を瞠《みは》ると思うのですが……」

宗次郎が考えをまとめるような調子で言った。

「ですが、賢吾が問いを解く姿をただ見ているだけでは、飽きてしまわないでしょうか。どんな問いを解いているのかも、親御さんたちには分からないでしょうし」

そこで、妙春は「あ」と明るい声を上げた。周囲の壁を見回しながら、

「問いは壁に貼り出せばよいのです。そうすれば、親御さんたちは問いを見ることができ、それが難しいと分かれば、感心するはずですもの」

と、我知らず声が弾んだ。宗次郎も笑顔になってうなずく。

「そうですね。賢吾に限らず、他の子供たちの解いている問いを、壁に貼り出し、親御さんたちにも一緒に解いてもらえば、子供の学びが伝わりやすいかもしれません。

ただ、賢吾が取り組むほどの問いになると、親御さんたちが答えを出せず、すごいということは伝わっても、それだけで終わってしまうかもしれませんね」

宗次郎は考え込む様子で腕を組んでいたが、やがて、何を思ったか急に立ち上がった。驚く妙春の様子などおかまいなしに、室内をうろうろと歩き始める。

両腕を組んだまま首をひねっているので、そうやって歩き回っている方が良い案が浮かぶのかもしれない。とはいえ、背の高い宗次郎に部屋の中を歩き回られると、妙春は落ち着かなかった。

「そうだ！」

宗次郎がいきなり足を止めたのは、何周目の円を描き終えた時だったろうか。前方の壁に背を向けて立った宗次郎は、妙春と向き合う形で両腕を広げてみせた。

「ここを舞台のようにし、こちらとこちらに机を置きます。一人ずつ子供を座らせ、ここで算法勝負をさせるというのはどうでしょうか」

「算法勝負？」

「はい。同じ問いを与え、同時に解き始めてもらうわけです。解いている問いについては、前に大きく貼り出し、他の子供たちや親御さんたちに見てもらえるようにする。子供たちには数人で一つの組を作ってもらい、組ごとの競争としてもよいでしょう」

「それならば、賢吾のように算法の得意な子供だけが目立つのではなく、他の子供たちも活躍できますね」

子供たちの頑張る顔、喜ぶ顔、悔しがる顔が目に浮かんできて、妙春の気分は高揚した。

「個人で競い合う場を設けてもよいでしょう。子供たちの中に、賢吾と勝負できる子はいないでしょうが、親御さんの中には算法が好きな人もいるかもしれません」

「まあ、親御さんまで競い合いに巻き込んでしまうのですか」

妙春が目を瞠ると、宗次郎は悪戯《いたずら》っぽい笑みを浮かべた。その顔は純な少年のようで、これまで妙春に見せたことのないものだった。妙春は瞬きするのも忘れて、それに見入った。

「挑もうという親御さんがいればです。といっても、算法がよほど好きという人でなければ、賢吾と競い合える人はなかなかいないでしょうが……」

「その時は、城戸さまが賢吾と勝負をなさってはいかがですか」

ふと思いついて、妙春は提案した。口に出すと、それはますますよい案のように思えてくる。

「私が負けてしまったら、立つ瀬がないではありませんか」

「引き分けはあっても、それはないでしょう。あの子は確かに『大賢』と呼べる子ですけれど、まだ子供ですもの。ですが、その問いはぜひわたくしに考えさせてくださいね」

「それならば、妙春殿が賢吾と勝負すればいい」

「わたくしではいけません。わたくしが勝っても負けても、親御さんにとって面白いものにはならないと思うのです」

「どうしてそう思うのですか」

　宗次郎の顔からいつの間にか笑みは消えていた。

「どうしてと言われますと、答えるのが難しいのですが……」

　妙春は少し考えるように沈黙し、それからゆっくりと語り出した。

「わたくしはどうも、人の心の機微を読むのが苦手なのだと思います。たとえば、相手が怒っていて、それをなだめる言葉をかけて差し上げたい時、かえって怒りが増すような失言をしてしまう。逆に、相手の方が冗談で受け答えしてほしい時に、楽しい言葉の一つもかけて差し上げることができない。わたくしはいつも、人の気持ちを逆《さか》撫《な》でしたり、しらけさせてしまったり、そういうところがあるのです……」

　もしかしたら、自分のそういうところは父に似てしまったのだろうかと、ふと思う。

亡くなった父が一緒に死んだ教え子の矢上一之進と、最後にどんな言葉を交わしたのかはもう分からない。だが、明らかに追い詰められていた教え子に、あの父はどんな言葉をかけてやれたのだろう。父が教え子を大切に思っていたのは間違いないが、相手が望んでいた言葉をかけてやれたかどうかは分からなかった。

そして、自分が父と同じ立場に立つことがあった時、自分は過ちを犯さず正しい言動を為《な》せるだろうか。間違いを犯してもそれを改め、謝罪して済むようなことであればいい。だが、世の中には絶対に過ちを犯してはならない時もある。

「妙春殿……」

はっと気づくと、宗次郎が気遣わしげな目を向けていた。

「あ、申し訳ございません。誰が賢吾と勝負をするかはともかく、算法勝負はよい案と存じます」

妙春は気を取り直し、明るい声で言った。

「親御さんも勝負となれば、お子さんの応援に夢中になるでしょう。そう考えますと、手習いも事前に貼り出すだけでなく、当日、書道の競い合いをしてもよいかもしれません」

「書道の競い合いですか。それはどのように行うのでしょう」

宗次郎はまだわずかに心配そうな目の色を残しつつも、話を寺子屋御覧のことに持っていこうとする妙春に合わせてくれた。何も訊《き》かないでいてくれるその優しさをありがたいと思う。

「算法は正解を速く出した方が勝ちでしょうが、書写は速さよりも字の美しさが大事と存じます。ですから、同じお手本のものを子供たちに写してもらい、最も上手な子供を親御さんたちに選んでもらうというのでいかがでしょうか」

「その場で書いて、その場で選んでもらうのですね」

それから、二人はさらに算法勝負と書道勝負の案を出し合い、時の経《た》つのも忘れたように、夕刻になるまで語り合った。

「明日、子供たちの考えを聞くのが楽しみです」

机を二人で元の位置へ戻しながら、妙春は笑顔で言った。

「これから忙しくなりますね」

と、宗次郎が穏やかな声で応じる。七月十五日が終われば、二人のうちのどちらかが薫風庵を出ていくことになるのかもしれない。しかし、この日、二人の口から、どちらが出ていくという話は出てこなかった。二人ともあえてその話を避け、寺子屋御覧の取り組みのことだけを話し合った。

（誰かと、こんなにも何かを熱く語り合ったのは……わたくしには初めてのことかもしれない）

そんなふうに思いながら学び舎の外へ出ると、蟬《せみ》の鳴き声が急に大きく耳に迫ってきた。

四

翌朝、妙春はいつもの講話はせず、七月十五日に寺子屋御覧が行われることになったと子供たちに伝えた。親たちに寺子屋へ来てもらい、皆の様子を見てもらうのだと告げると、子供たちは身じろぎしたり、隣の席の者とささやき合ったり、ざわざわと落ち着かない様子になった。

特に嬉しそうではない。とはいえ、嫌がっているふうでもない。

どういうことなのか分からず、ただ周りの様子をうかがっているといったところだ。

昨日母親たちが寺子屋へやって来た事情を、ある程度知っている子供たちも中にはいる。金之助は初めから不機嫌そうな顔をしていたし、善蔵はかたくなに妙春の方を見ようとしなかった。その子供たちも、妙春が算法勝負や書写勝負について語り始めると、表情を変えて話に聞き入り始めた。

「勝負というと勝ち負けが大事に思えるかもしれませんが、大切なのは、親御さんたちに寺子屋で学んだ成果を見てもらうことです。もちろん、ふだんの様子を見ていただいてもいいのですが、それでは、何がどのくらいできるようになったのか、分かりにくいですね。だから、皆さんが一人ひとり、あるいは他の人と組になって競い合い、その姿を見ていただこうと考えました」

「えー、負けたらかっこ悪いじゃねえか」

金之助が茶々を入れる。そうだそうだと言う子供たちの声も上がった。

「親御さんの前で負けるのは、格好が悪いことなのですか」

妙春が問うと、「そうだよ」と金之助は勢いよく言った。

「うちの鬼婆《おにばばあ》、じゃなかった、おっ母さんなんか、負けたら承知しないって言うに決まってるさ」

「金之助のお母さまのことはわたくしも知っていますが、真剣勝負をした上で負けたのであれば、お母さまは決して怒ったりなさいませんよ。それは、わたくしが請け合ってもいいです」

「そうかなあ」

金之助は疑わしそうだ。

「妙春先生」

続けて声を上げたのはおてるだった。

「その勝負には、皆が必ず出なければいけないんですか」

「はい。親御さんに皆さんの成果を見てもらうための機会なのですから、必ず何かには出てもらいます。仮に、親御さんがその日ご都合が悪くてこられないという人でも、出てもらうことに変わりはありません」

妙春が言うと、おてるは納得したようにうなずいたが、

「俺、算法勝負は嫌だな。九九だってちゃんと言えねえし」

と言い出す者がいた。

「書写の方が嫌だよ。母ちゃんに蚯蚓《みみず》みたいな字だってどやされる」

子供たちはそれぞれ、自分の実力に悩みの種があるらしい。

「まだ決まってはいませんが、算法か書写のどちらかに出る、ということでもいいと思います。他にこういうのをやってみたいと思うものがあれば、教えてください。そういう中から出てみたいものを自分で選ぶということにしたらどうでしょうか」

「出たい人は、たくさん出てもいいんですか」

と、再びおてるが問いかける。

「もちろんです。得意なものはもちろん、苦手と思えるものにも、どんどん挑んでほしいと思います」

子供たちからの疑問が出尽くしたところで、やってみてもいいと思うか尋ねてみると、皆、いいと口にするかうなずいている。そういう反応を見せないのは、賢吾と善蔵の二人だけだったが、二人とも特に反対の声を上げるわけではない。

それで、寺子屋御覧の日には、算法や書写の競い合いを行うことになった。

「先生、先生」

決まったところで、金之助が声を上げる。

「他にもやりたいことを言っていいんだよね」

「はい。金之助は何をやってみたいのですか」

「相撲」

金之助は前のめりになって言った。

「俺、それに出るからな。もう決まり」

「お待ちなさい。寺子屋は相撲を教えるところではありませんし、この部屋の中で相撲はできません」

妙春が言うと、おてるが「そうよ」と金之助を振り返った。

「そんなの、遊びと同じじゃないの。やりたい人だけで集まって、おっ母さんに見てもらえばいいでしょ」

「体の強さを競う相撲は遊びなんかじゃねえ」

金之助もむきになって言い返す。

「まあまあ」

と、その時、割って入ったのはそれまで黙っていた宗次郎であった。

「相撲は外で行うものだが、部屋の中でやれる相撲もある」

金之助が妙な顔を浮かべたところで、「腕相撲だ」と宗次郎は言った。

「腕相撲なんか、本当にただの遊びじゃないですか」

おてるが口を尖《とが》らせて言い、「おてるはいつもうるせえなあ」と金之助が続く。

「ただの腕相撲なら遊びだが、遊びでないようにするのだ。たとえば」

宗次郎は金之助の席へ行って、机を挟んだ位置に座ると、腕相撲の姿勢を取って金之助にもそうするよう告げた。

「今から九九の問いを出すから、金之助はそれに答え、続けて私に九九の問いを出し返しなさい。私も答えたら、また別の問いを出す。これを交互にくり返すのだ」

「その間、腕相撲はどうするの」

「ふつうにやる。ただし、九九を間違えたり、三つ数えるうちに次の問いを言わなければ、そこで負けとなる」

「ええーっ」

金之助は声を上げたが、顔つきは楽しそうだ。宗次郎は近くの子供に、腕相撲が始まったら、問題を出すまでの間「一、二、三」と声を上げて数を数えるように頼んだ。

こうして盛り上がってくると、遠い席の子供たちが近くで見たいと言い出し、妙春はそれを許した。善蔵や賢吾も無関心ではいられないのか、立ち上がって金之助の席の近くへ寄っていく。

金之助と宗次郎の九九腕相撲が始まった。

「では、いくぞ。にさんが」

「ろ、六」

と、どうにか答えられた金之助。ほっと息を吐いたそばから、数え役の子供の「いーち」という声がして、慌てふためいた。

「え、えっと、さんし」

「十二。くろく」

宗次郎はあっさり答える。「ええっと」と答えを考え始めた金之助は、手の方がおろそかになり、「あ、五十四」と答えた時には手の甲を机につけられていた。

「ちくしょう」

金之助が悔しそうに声を上げる。宗次郎は柔らかい声で笑った。

「こういうふうに算法と組み合わせれば、ただの遊びではなくなる」

「次は城戸先生にも負けねえ。いいよ。俺、この九九腕相撲に出る」

金之助が宣告し、「俺も出たい」という男の子たちが続出した。

「では、この九九腕相撲は当日の勝負事として取り入れましょう。まだまだ他にもよい案が出てくるかもしれませんし、これからたくさんのことを話し合ったり、準備したりしなければなりません。ですから、今ここで、皆さんの世話役を決めたいと思います」

これは、宗次郎とも事前に相談して決めたことだ。

寺子屋御覧の準備が始まれば、子供たちが力を合わせて作業をすることが多くなる。当然、諍《いさか》いも起きるだろうし、他の者と足並みをそろえることが苦手な子供も出てくるだろう。その時、子供たちの中に仲裁役を務められる者がいれば心強い。仲裁しようとする子供がいるだけで違うものだし、その子はどちらかの側に与《くみ》せず中立の立場でものを言おうとするだろう。

　宗次郎とその話をした時、妙春は自然とおてるの顔を思い浮かべていた。おてるはそういう役に似つかわしいし、本人もやりたがるのではないだろうか。

　それに、おてる以外の者にはなかなか務まりそうにない。金之助や善蔵は一部の子供たちから強く支持されても、反撥《はんぱつ》する子供がいる以上、全体をうまくまとめることができないだろう。

「世話役とは皆の先頭に立って、いろいろと決めたり、他の人の世話を焼いたり、中心になってくれる人です。お店《たな》だったら番頭さん、大工さんだったら棟梁《とうりょう》さんに当たるような人になりますね」

「へえ、番頭さんかあ」

　子供たちは感心したような声で呟いている。おてるは口をつぐんで、何やら考え込んでいる様子だ。そういえば、この子の父親は呉服屋の通いの番頭だったと思いつつ、

「では、やってみようと思う人はいますか」

　と、妙春は子供たちに尋ねた。すぐに声を上げるかと思いきや、おてるは考え込んだ表情のまま無言である。他の子供たちからも声は上がらない。

「そんなに心配することはないのですよ。何かあったら、すぐにわたくしや城戸先生

に知らせてくれればいいのですからね」

　ややあってから、「先生」とおてるが言った。

「はい。やってみようと思うのですか」

「ううん、あたしじゃなくて、善蔵がやったらいいと思うんです」

「えっ、善蔵？」

　思いがけない言葉に、妙春は驚いた。おてるが善蔵を好いているとは、蓮寿や宗次郎から聞かされていたことだが、仮にそうだとしても、その好いている相手をこうして堂々と推挙してくるとは思わなかったのだ。

「どうして善蔵なのでしょうか」

「別に……」

　おてるはなぜか不機嫌そうに口をつぐみ、前を向いている。話の成り行きから、善蔵の考えを訊かなければならなくなった。

「善蔵はどうですか。やってもいいと思いますか」

　善蔵は口をつぐんでいる。その表情は何を考えているのかつかみづらかった。

「では、他の皆はどうですか。善蔵にやってもらうというのはどうでしょう」

　妙春が問いかけ、子供たちを見回すと、子供たちは目をそらしていく。自分に押し付けられたくないのだろうか。しかし、それならば善蔵でいいと言えばよいはずだ。どういうことかと思ったら、一人、目をそらさない子供がいた。金之助だった。

「皆、善蔵には任せたくないいんだってよ」

金之助が意地悪そうな声で、勝ち誇ったように言う。

「どうしてそう思うのですか」

「だって、善蔵が世話役なんかになったら、あのおっ母さんがしゃしゃり出てきちゃうもんなあ」

金之助の声に、ほんの少しだけ揶揄《やゆ》するような、小さな笑い声が混じった。どうやら、善蔵の母親がどういう人物かは、子供たちの間にも知れ渡っており、煙たがられているようだ。善蔵はそのことで心苦しい思いをしているのだろう。

ふと目をやれば、おてるはじっと前を向き、唇を嚙《か》み締めている。おてるもまた、善蔵の母のことを知っており、そのことで善蔵が周りからどう思われ、どんな気持ちを抱いているか、そこまで思いやっているようだ。

となれば、おてるが善蔵を推したのは、善蔵を世話役とし、他の子供たちと仲良くできる機会を与えてやりたいと思ってのことではないか。

それならば、おてるの気持ちを汲《く》んでやりたいところであったが、

「俺はやらない」

突然、善蔵が言い出した。

「そうですか。やりたくない人に押し付けることはできません。では、他にやってみたいという人はいませんか」

妙春が他の子供たちへ目を向けた時、

「金之助がやればいいだろ」

というふてくされた声が善蔵の口から漏れた。

「え、俺?」

金之助が目を真ん丸にして驚いている。自分が推挙されるとは、それも善蔵から推挙されるとは、まったく予想もしていなかったのだろう。

「金之助はどうですか。やってほしいという声が上がりましたが」

「いや、善蔵は、やってほしいとは言ってなかったろ」

口ではそう言いつつも、金之助は世話役に関心があるのか、すぐに嫌だとは言わなかった。他の子供たちの様子を見れば、先ほど善蔵の名が挙がった時の気まずさは漂っていない。

「おてるはどうですか。善蔵はやりたくないそうですが、金之助がやればいいと言ってくれました」

金之助に任せるくらいならあたしがやる、などと言い出すかと思いきや、

「いいんじゃないの。金之助がやるって言うなら」

という返事である。

「では、金之助はやってくれますか」

「うーん。皆からそう言われちゃ、しょうがねえなあ」

まんざらでもなさそうに、金之助は笑み崩れている。おそらくこの話を聞けば、母親のおりきは憎まれ口を叩《たた》きながらも喜ぶだろう。

「では、金之助に世話役をやってもらいます。他の皆さんは金之助から何か頼まれたり、訊かれたりしたら、力を貸すようにしてください」

「はーい」

と、子供たちは元気よく返事をした。浮かない表情をしているのは善蔵とおてるで、賢吾が返事もせず、表情も変えないのはいつものことだ。

「それでは、この話はいったん終わりとします。金之助はこれからのことを相談したいので、今日少しだけ残ってくれますか。他の皆さんにはまた改めてお話をします」

「は、はい」

金之助は自分だけ特別な扱いをされることに馴《な》れていない様子である。「金ちゃん、がんばれ」と仲のよい子供に励まされ、「おう」と嬉しそうに返事をしていた。

五

それからの日々、毎朝の講話は寺子屋御覧の準備説明に取って代わられることになった。

妙春や宗次郎が子供たちに説明する時が大半だが、たまには世話役の金之助にしゃべらせることもある。初めは慣れない様子で、人前に出るたびに照れていたが、時が経つにつれ、金之助の世話役もなかなかさまになってきていた。

六月も下旬に差し掛かると、子供たちは寺子屋でおさらいや準備をしたがったので、親が許す場合は弁当持参で午後も寺子屋に残ってよいという取り決めをした。

そのお蔭で、妙春も宗次郎も朝から晩まで、学び舎で過ごす羽目になっている。

当日行う学芸勝負は、書道、算法、九九腕相撲の三つと決まった。書道と九九腕相撲は個人で競い、算法は仲間同士の組を作って競う形と、個人で競う形の両方を行う。

昼前までのふだんの手習いの間も、子供たちが寺子屋御覧のことばかり考え、上の空になってしまうことはあったが、この頃の子供たちは以前よりずっと生き生きしていた。九九の怪しい者はせめてそれだけはと必死になって唱えていたし、書道勝負に出る者は少しでもきれいな字を書こうと紙を真っ黒にしている。

こうして、子供たちは非常に充実した時を過ごしていたのだが、妙春は充実しつつも、気の休まらない日々を過ごすことになった。親たちの出入りが急に増えたためである。

子供たちの弁当をわざわざ届けに来る親、昼にいったん帰宅した子供の付き添い、または夕方のお迎えなど、それまでとは数が比べものにならない。その応対に妙春たちが振り回されるようになったのを見て、

「大変そうだから、助っ人《すけと》をつけましょ」

と、蓮寿が言い出した。そうしてつけられたのが日向屋の用心棒、勝之進である。どう話をつけたものか、蓮寿は日向屋に掛け合って、寺子屋御覧が終わるまでの日々の午後、勝之進を借り受けてくれた。

勝之進は親たちに紛れて他の大人が出入りしないよう、取り次ぎや見回りを担ってくれている。

そんな六月の末日、ふらりと現れた派手な形《なり》の男は、勝之進の見知らぬ男であった。

縞《しま》の小袖に派手な色目の裏地をのぞかせ、足は下駄を履いている。どう見ても親という感じではなかったので、怪しい奴《やつ》が来たとばかり、その場で足止めした。

「失礼だが、ここは寺子屋で、おたくのような人が来るところではない。お引き取り願おうか」

勝之進は真面目に仕事を果たそうとした。

「あん、あんた、用心棒かい？　用心棒を雇う寺子屋たあ、たいそうなもんだな」

男は勝之進をしげしげと見つめながら、やがて「あ」と何かに気づいたような声を出した。

「あんた、新しく入ったっていう先生かい。色男と聞いてたが、えらく若そうだな」

「いえ。私は寺子屋の師匠ではありませぬが、おたくはどなたさまで」

何やら寺子屋の事情をよく知っているふうなことも言うので、勝之進は物言いを変えて問うた。

「俺は金之助の親の金弥《きんや》ってもんよ。俺の倅《せがれ》は皆さんの世話役に選ばれたんでね。ちょいと、先生にご挨拶をしておこうと立ち寄ったのさ」

「あ、金之助、いや、金之助さんの――」

金之助については、妙春に付き添って家へも行ったので、勝之進も顔を知っている。

今回は世話役になったというので、改めて引き合わされてもいた。金之助はいかにも餓鬼大将という感じの少年だが、これがあの父親か。そういえば、自宅には物々しい若い衆がいたなと思いつつ、妙春を呼んでこようとした勝之進は、「おたく、今、似ていないないと思っただろ」と金弥から呼び止められた。

「いや、そんなことは。私は今だけ雇われている警護の者で、金之助さんのこともよくは知らぬゆえ」

「そうかい。まあ、いい。倅が俺に似て馬鹿だったら大変だと思ってたんだが、あいつは嬶《かか》あに似たんだな。嬶あはここの切れる女でね」

と、金弥は頭を指さして言った。

「なるほど。さようでしたか」

金之助の母の顔も知っているが、あの母親がここに現れたことはなかったなと、勝之進は頭の中で確かめつつ、金弥をその場で待たせ、中にいる妙春を呼びに行った。

知らせを受けた妙春が急いで出向くと、「おう。あんたが若先生だね」と金弥は表情を引き締めた。そして、唐突に前かがみになると、

「お初にお目にかかります手前《てまえ》は、下谷生まれの下谷育ち、名は金弥と申しやす。山吹の金とは手前のこと」

と、独特な節回しで名乗り出したのだが、肝心なところが抜けている。

「金之助さんのお父さまでいらっしゃいますよね」

「あ、そうそう。それを言い忘れてた」

金弥は不意に気安い表情になり、ぺろりと舌を見せた。

「お子さんに御用でしたら、ここへ呼びますが。中では、他の子供たちが手習いなどしておりますので、親御さんたちの立ち入りはご遠慮いただいております」

「いやいや、今日は先生にご挨拶を、と思ってきたんだ」

「それはご丁寧にありがたく存じます。お母さまからもお気遣いいただいております。御用の向きとはそれだけでしょうか」

「いやいや。先生にちょっくら相談したいことがあってね」

金弥は妙にいわくありげな眼差しを向けてくる。どうも人に聞かれたくない話をしたいようだ。

「それでは、奥にございます庵でお聞かせいただいた方がよろしいでしょうか」

「そんなところがあるなら、そうしてもらおうかな」

金弥がそう言うので、勝之進には引き続き警護と客の応対を頼み、妙春は金弥を庵へ案内した。到着するまでの間、金弥は物珍しそうにあたりを眺めながら、自分は寺子屋に通わなかったこと、倅も通わせるつもりはなかったが、女房のおりきから「反対するなら母子《おやこ》そろって家を出ていく」と脅されたので、自分が折れたのだという話などを一人でしゃべり続けた。

そして、ようやく庵の客間に落ち着くと、

「先生にお願いがあるんでえ」

と、金弥は畳に手をついて頭を下げた。

「何でございましょうか」

妙春は淡々と応じる。金弥は顔だけ上げると、手をついたまましゃべり出した。

「倅は九九腕相撲と算法の勝負に出ると聞いた。壺《つぼ》ふりはねえのかって訊いたが、そんなものはないと言う。壺ふりがありゃ、あいつの勝ちは間違いねえが、それはまあいい。九九のことは知らねえが、腕相撲なら何とかなるだろ。算法についちゃ、もっとちんぷんかんだが、女房の話じゃ、倅はあんまり出来がよくねえらしいな」

「出来がよくないということはございません。突き抜けた才があるとは言えないだけでございます」

妙春は正直に答えた。実際、金之助の算法は可もなく不可もなくといったところ。字を覚えるのはともかく、美しい字を書くのは苦手だから、書道の勝負に出ないのは負けたくないからだろう。

「あいつは皆の世話役になったと聞いた。そりゃあ、親分に奉《たてまつ》られたってことだろ。親分が子分に負けたとあっちゃ立つ瀬がねえ」

「いいえ、お父さま。世話役というのは、お父さまのお考えになる親分さんとは違うのでございますが……」

妙春は説得しようとしたが、その言葉は金弥の耳には入らなかったようだ。

「あいつに算法勝負で負けさせるわけにゃいかねえんだ」

切実な声で訴えた金弥は、再びがばっと顔を伏せた。

「どうか頼んます。算法の問いってやつを教えてくだせえ」

「何ですって」

「問いを作るのは先生なんだろ。それをちょちょっと俺に教えてくだせえ。覚えらんねえかもしれねえから、紙に書いてもらうのがいいかね。ああ、もちろんその紙はちゃんと捨てさせるから、ご安心を」

金弥は顔を上げると、にまっと笑ってみせた。

言うだけ言ってしまうと、後はもう、妙春から断られることなど想像もしていないらしい。無邪気さと狡猾《こうかつ》さの入り混じったその顔に、寺子屋に通わなかったという金弥の過去を、妙春は思った。金之助が寺子屋に通わなかったら、こういう大人になるのかもしれない。

「お父さま」

妙春は居住まいを正し、腹の底から声を出した。その意気込みが伝わったのか、

「な、何でえ」

と、金弥はわずかにたじろぐ。

「お父さまは今の頼みごとについて、金之助のお母さまにお話しなさいましたか」

「おりきにかい？」

金弥は少し怯《ひる》んだ様子を見せたが、すぐに気を取り直し、

「いいや、あいつには何も話してねえよ」

と、嘯《うそぶ》いた。

「では、お話しなさってみてください」

「何で、そんなことをいちいち嬶あに言わなきゃならねえんだよ」

金弥は突然すごんでみせる。妙春はまったくたじろがなかった。

「逆に、なぜおっしゃらないのか、お尋ねします。お子さんはお父さまだけのお子ではなく、おりきさんのお子でもあり、日頃、金之助さんの世話をしているのはおりき

さんでしょう。お話しなさった上で、おりきさんも同じお考えであれば、また改めてお二人そろってお越しください。今日はこれ以上のお話はいたしません」

きっぱりと撥《は》ねつけると、金弥はたちまち不機嫌そうな顔つきになった。

「よう、若先生」

唇が捲《まく》れ上がったその顔は、それまでと違って獰猛《どうもう》にすら見える。

「わたくしは子供たちの世話がありますので、学び舎へ戻ります。外までお見送りいたしましょう」

妙春は立ち上がった。金弥は腕組みをしたまま尻を落ち着けている。要求を聞き入れてもらうまで動かないというつもりか。さてどうしよう、このまま放って学び舎へ戻るか。そして勝之進におりきを呼びに行ってもらうか。

そんなことを考えていたら、これ以上はない助っ人が現れた。

「あらあら、山吹の金さんじゃありませんか」

蓮寿は金弥のことを通称で呼んでいるらしい。

「金之助は頑張っていますよう。ほんと、金さんの倅とは思えない」

にこやかな笑顔で言うのだが、言い草は無礼である。しかし、

「いや、そう言われると、親の立つ瀬がねえってもんで」

金弥は怒るどころか、照れくさそうに笑い出し、先ほどまでの不機嫌も一瞬でどこかへ行ってしまったようだ。

蓮寿がもう行きなさいという目を向けてくれたのを機に、妙春はそっと客間を後にした。

本当に蓮寿には頭が下がる。自分は金弥のような親を相手にし、上手にその要求をかわしたり、抑えたりできない。今はまだどうすればいいのか分からないが、いずれはできるようにならなければ――。

そんなことを念じながら学び舎へと引き返すと、その途中で勝之進と出くわした。勝之進は誰かと連れ立っている。近付くにつれ、それが善蔵の母のおけいであることに気づいた。

庵には今、金弥がいる。もとより、おけいは金之助を博奕打ちの倅と罵っており、おりきとも穏便な間柄とは言いがたい。金弥と鉢合わせなどさせれば、この場がいっそう騒々しいものになるに決まっている。

願わくば、勝之進がおけいに金弥の来訪をしゃべっていませんように。

やがて、行き合わせると、勝之進の方から口を開いた。

「こちらのお母さんが妙春殿にお話があるそうです。妙春殿は庵でお客と対談していると申し上げたら、そちらでお待ちするとおっしゃるので」

案内してきたところだという。おけいは「お忙しいところすみませんね」と頭を下げた。愛想のない表情だが、おけいが妙春にそっけないのはいつものことだ。金弥のことを聞いていれば、もっと怒りのこもった表情をしているはずだから、おそらく聞いていないのだろう。

「わたくしの用事はもう終わっております。ただ、庵では蓮寿さまがお客人とお話をされておられるので」

そちらで話をするのは困るという旨を伝えると、おけいは「すぐに済みますのでここでかまいません」と硬い声で言った。

「では、伺います。どういったご用件でございましょうか」

「この度の寺子屋御覧の世話役の件です。何でも、博奕打ちの倅がその役を担っておりますとか」

「善蔵さんからお聞きになったのですか」

念のため妙春は尋ねた。

「うちの子は寺子屋のことをすっかりあたしに話さなくなりました。このことはお熊さんとお竹さんから聞いたんです」

おけいは、三四郎と千代吉の母親の名を挙げた。その口ぶりからは焦りがうかがえる。おけいは息子がよそよそしくなったことに苛立《いらだ》っているようであった。

「世話役となったのは金之助さんですが、そのことでどんな御用がおありなのでしょうか」

「おかしいでしょ」

おけいはもう取り繕ってなどいられないという様子で、早口に畳みかける。

「博奕打ちの子が世話役だなんて。聞いたところじゃ、子供たちの頭《かしら》となるお役という話じゃないですか。そりゃあ、物覚えもよく、字を書かせたらいちばんのおてるちゃんならともかく、博奕打ちの倅なんて、何ができると聞いたこともない。喧嘩《けんか》っ早さなら他の子を凌《しの》ぐのでしょうけど、そんなことで寺子屋の世話役を決めたわけじゃありませんよね」

「世話役とは文字通り、他の子供たちのお世話をする役目です。皆の先頭に立つ者であることは確かですが、決していちばん偉いというわけではありません。手習いや算法に秀でた子を選んだわけでもありません。やりたい人ややってもらいたい人を募り、本人や他の子供たちの考えも聞いて決めたのです」

「博奕打ちの倅が怖くて、皆、仕方なくいいと言ったんでしょう」

おけいは腹立たしげに言い捨てた。

「わたくしの目には、そうは見えませんでしたが」

「妙春先生はまだお若いし、お子をお持ちになったことがないから、分からないだけなんです」

「そうおっしゃられてしまうと、年齢や過去を変えることはできませんので、わたくしには言葉の返しようがございません。ですが、一つお聞かせください。もしやお母さまは金之助さんが世話役になったということより、善蔵さんが世話役にならなかったことを気にしておられるのではありませんか」

妙春が問うと、おけいは少し傷ついたような目をしたが、すぐに挑むような目の色になって突っかかってきた。

「ええ、さようでござんすよ。博奕打ちの子よりうちの子の方が世話役に似合いですとも。書だって算法だって、うちの子の方がよくやるはずです。それなのに、どうしてうちの子が博奕打ちの子の下につかなけりゃならないんでしょう」

「もう一度申しますが、世話役になったからといって、金之助さんが善蔵さんの上に立ったことにはなりません。また、世話役を決めた時のくわしい成り行きについて、お熊さんやお竹さんからお聞きになっておられませんか」

「いえ。そういったことは……」

　おけいは少し困惑した表情を浮かべている。

「あの時、善蔵さんを推す子供もおりました。今、お母さまがお口になさったおてるさんです。けれども、善蔵さんに意向を尋ねますと、やりたくないとはっきり申しました。代わりに、金之助さんがやったらいいと言ったのでございます」

「何ですって。うちの子が……」

「はい。金之助さんを推したのは善蔵さんであり、金之助さんが自らやりたいと言い出したわけではありません。むしろ名を挙げられて驚いているようでございました。しかし、他にやりたいと言い出す子供もおらず、金之助さんが世話役では嫌だと申す子供もおりませんでした。それで、金之助さんに意向を尋ねましたところ、それならばやってもいいということになったのでございます」

「う、うちの子はなぜ、やりたくないなどと言ったんでしょう」

　妙春に向けられたおけいの眼差しは弱々しく、先ほど子のない妙春には分からない、と挑んだ気の強さはなかった。

「それは、善蔵さん本人にしか分からないことです。そして、お子さんの気持ちや行動の理由《わけ》を、親御さんが手に取るように分かるということは、まずありません。お小さい頃でさえそうだったのではありませんか。これからはもっと多くなっていくと、お母さまご自身がお分かりになってください」

「……」

「ただし、善蔵さんはまだ子供です。今は口をつぐんでいるとしても、お母さまや周りの子供たちに自分を分かってほしいという気持ちを持っています。その方法を探しているところだと、わたくしは考えております」

「先生は……善蔵に何をしてくれるんですか」

声を振り絞るようにして、おけいは尋ねた。

「見守り、手助けを」

妙春は言い、いつしかうつむいていたおけいの手を取った。

「わたくしは決して善蔵さんを見捨てません。ただし、余計な口出しや、望まれぬ手助けは、成長の妨げというだけでなく、その心をひねくれさせたり、かたくなにしたりする恐れもあります」

おけいの手が妙春の手を握り返してくることはなかった。手を離すと、おけいはいたたまれぬという様子で素早く頭を下げ、足早に去っていく。

「寺子屋御覧の日は必ずお越しください」

その背中に、妙春は声をかけたが、おけいが振り返ることはなかった。おけいの姿が見えなくなってから、「まったく」と傍らで勝之進が腹立たしげに呟く。

「お恥ずかしいところをお目にかけました」

妙春は言い、学び舎へ向けて歩き出した。勝之進はその後をついてくる。

「あの母親、自分がどれだけ理に合わぬことを言っているか、気づいていないのでしょうな」

勝之進が妙春の心を代弁してくれた。

金弥といい、おけいといい、通らぬ道理を通そうとする。ふつうの理屈で考えれば通らぬことくらい、分かりそうなものだが、子供が絡むと分からなくなるらしい。

「あの方だけではありません。親御さんとはそういうものなのかもしれません」

「もしや、さっきの派手な父親も何か無理無体を言ってきたのですか」

「まあ、そんなところです」

とだけ、妙春は言った。だが、寺子屋御覧の勝負に関することで、注文をしてきたのは金弥だけではない。対戦相手に関しては、これまでもいろいろな要求が出されている。

「どこそこの誰とは勝負させないでほしい」

という要求が最も多い。理由を尋ねると、「うちの子と誰それは仲良しだから競わせたくない」というものや、逆に「うちの子と誰それは仲が悪いから、競わせるならうちの子を勝たせてほしい」というようなものだ。中には親同士の仲が悪いからというような理由もあった。

「勝負というものは、公平かつ厳正なものでなければいけません。ですので、お願いの筋はお断りいたします」

妙春はその度、丁寧にきっぱりと断った。

親は必ず恨めしげな表情をする。黙ってあきらめ、そのまま帰ってくれるのは、理解のある親である。ひどい場合は舌打ちをされ、さらにひどくなると、「先生、もうすぐここにいられなくなるよ」と捨て台詞《ぜりふ》を吐く者さえいた。決して自分は間違っていないと自信を持っていたとしても、人の悪意にさらされれば気持ちは沈む。

「妙春殿、大事ありませんか」

勝之進から気遣わしげに声をかけられ、妙春は我に返った。

「大丈夫です。今のお母さまは少し難しい人ですが、今日は引き下がってくださいましたし」

「引き下がったと言ったたって、本来なら謝罪の言葉があるべきところ。それを、あの母親ときたら非を認めるどころか、逃げ帰ったではありませぬか」

　勝之進は妙春の代わりに怒ってくれる。その気持ちがありがたかった。

「わたくしは本当に大事ありません。ご心配くださり、ありがたく存じます」

「妙春殿」

　勝之進は立ち止まり、改まった様子で呼びかけてきた。妙春も足を止め、勝之進を見つめ返す。学び舎の建物はもうすぐそこに迫っていた。

「こんなに理不尽で、こんなに大変なことを、これからも続けるおつもりですか」

　そうです――という答えしか持ち合わせなかった。返答に迷うような問いかけではない。しかし、勝之進の眼差しが、その声色があまりに切実だったためか、妙春はすぐに答えることができなかった。

　その時、なぜか勝之進の問いに答えるより先に、妙春は目をそらしてしまった。すると、目をやった先に、少し強張《こわば》った表情の宗次郎が立っていた。

「城戸さま……」

　宗次郎は細い棒のようなものを持っており、その先端には何かがついているようだ。何気なく目を凝らした時、「あ」と妙春は声を上げてしまった。

　棒の先端に刺さっていたのは、蟬の死骸であった。尖った先端が片方の目を貫いているのが薄気味悪い。

「そ、それはどうしたのですか」

妙春が近くまで行って震える声で問うと、宗次郎はきまり悪そうな表情を浮かべ、

「お目に触れさせまいと思っていましたのに」と言った。

「実は、犬槙《いぬまき》の生垣の上に置かれていました。子供たちには見られていないと思うのですが」

「そういや、前に、石やら死骸やらを投げ込まれる被害がありましたな」

勝之進も近付いてきて、串刺しにされた蝉の死骸に不快そうな目を向ける。

「あの時はご近所の家でしたが……」

手習いで使った反故《ほご》を丸めて、近所の家に投げ入れる悪戯をしていたのは金之助たちであった。しかし、石や死骸については否定しており、妙春もそれを信じている。宗次郎が薫風庵で暮らすようになって、その手の被害は立ち消えになったため、もう大丈夫かと思っていたが、そうではなかったのだ。

「誰の……しわざでしょうか」

誰に問うでもなく呟きながら、妙春の脳裡《のうり》にはどうしても親たちの顔が浮かんでしまう。寺子屋御覧を前にした嫌がらせ——自分の願いを聞き容れてもらえなかった親

のしわざとは考えたくないが……。

「寺子たちの親なんじゃありませんか」

勝之進が冷めた声で言う。

「それはどうでしょう。ないとは言い切れないでしょうが、前の数件も親がしていたとは考えにくいと思いますが」

宗次郎の言葉はもっともだ。しばらく鳴りを潜めていた事件の犯人の心に、何らかの形で火が点《つ》いたのか。

だが、どちらにしても気味の悪い話である。

「私から蓮寿殿に知らせましょう。用心棒の務めですからな」

勝之進は平然とした様子で蝉の死骸を受け取ると、庵へ向かって歩き出した。妙春と宗次郎は子供たちのいる学び舎へと向かったが、

（このことがきっかけで、寺子屋御覧が中止に追い込まれたりしたら……）

と、妙春の気持ちはふさいだ。あんなに一生懸命取り組んでいる子供たちをがっかりさせたくない。

「あまり思い悩まれますな」

宗次郎の深みのある声が優しく耳に届いた。

「薫風庵の方々と子供たちは私がお守りします。私はそのために、ここに置いていただいているのですから」

陽だまりのような優しい目を向けられると、少し不安が遠のいていく。

「はい。ありがとうございます」

一人ではない、一緒に子供を守ろうとしてくれる人がいることは、何と心強いことなのだろう。救われた思いで礼を述べた時、目頭が熱くなった。これはどうしたことか。泣くほどのことではあるまいに、と妙春は自分でも不思議な心地がしていた。

六

蟬の死骸が生垣で発見された一件は、ひとまず蓮寿が自分の胸に納めると言った。寺子屋御覧の準備はこのまま進める。ただし、再び同じことが起こった時には親たちにも知らせ、実施の有無を話し合おう——という蓮寿の考えに、妙春も宗次郎も勝之進も同意した。勝之進は子供たちの警護を厳重にしてくれるというし、宗次郎も子供たちの世話の合間を縫って近所の見回りをするという。

翌日、暦は七月に入ったが、その後はこれという嫌がらせもなく、日は過ぎていった。寺子屋御覧の当日が近付くにつれ、子供たちの熱はいよいよ高まっていくようだ。

自分が出る勝負の力や技を磨くのに熱心なだけではない。子供たちにはそれぞれ務めが割り当てられていた。自分が出ない勝負の進行役であったり、勝ち負けの記録役であったり、採点回収役などだ。また、勝負が始まる前は、部屋や廊下に貼った子供たちの手習いの清書を見てもらうのだが、その案内や書の注釈をすることなども、子供たちの役目であった。

妙春と宗次郎はその役目の子供たちを集め、実際にしゃべる練習を何度も行っている。もっとも、そういった、親と接してしゃべる役目には向かない子供もいる。苦手というだけなら克服してもらえばいいが、賢吾については、見知らぬ親と言葉を交わすのはまだ難しかった。といって仕事を任せないのもおかしいので、金之助に相談してみると、「俺が賢吾に訊いてみるよ」と意外にあっさり請け負ってくれた。その結果、

「賢吾は下足番《げそくばん》をやるってよ」

という。下足を受け取ったり手渡したりする仕事なら、あまり話さなくていいという子供たちの算段らしいが、下足番は実はとても大変な仕事である。

「親御さんの履物をしまって、お帰りになる時、すぐにその履物をお渡ししなければ

なりません。当日は大勢の方がお見えになりますが、どうすれば、すぐにその方の履物をお渡しすることができると思いますか」

妙春は賢吾に尋ね、その解決策を考えさせた。これについては、さほど思い悩むこともなく、賢吾自身が答えを出した。

履物がばらばらにならないよう、組み合わせて番号のついた紐《ひも》かこよりで結ぶ。そして、履物の持ち主には同じ番号の札を渡しておく。帰る時にはその番号を渡してもらい、該当番号の履物を渡すという方法だ。

「でも、札が小さかったり、ただの紙切れだったら、失《な》くしちゃったりする人もいると思うよ」

何にでも口を挟みたがるおてるが、さっそく言い出した。

「なら、木の札にすりゃあいいんじゃねえか」と、金之助。「それに紐をつけて首からぶら下げられるようにしたら、もっといいよ」と、おてるが調子に乗る。

その結果、紐の付いた木札を用意することになってしまった。一から子供たちに任せることはできないので、木札と紐を用意するのは妙春と宗次郎の役目だ。宗次郎は蓮寿を通して調達した廃材を切って、木札を作り、妙春は端切れで紐を作るのに忙しくなった。

一方、履物を結ぶことより作りは、子供たちに一任した。紙をねじって紐状にし、端に番号を書くだけだから、作業自体は難しくないが、仕事を割り振り、それを統括するのは決してたやすいことではない。そんな経験のない金之助は、自分の好きに命令していいと思ってしまったようで、あからさまに善蔵と三四郎、千代吉を仲間外れにした。

「それは、不公平というものだぞ」

気づいた宗次郎が金之助をたしなめたが、

「だって、あいつら、俺の言うこと聞くわけねえもん」

と、唇を尖らせている。

「仮にそうだとしても、その者のやる気を引き出してやるのが世話役の仕事だ」

「できないのなら、金之助は世話役落第だよね」

横からおてるに言われると、さすがに金之助も無視はできないらしい。おてるは金之助の仕事ぶりにいろいろ口出しをしており、今では副の世話役のような形である。口うるさい奴と悪口を言いつつも、金之助はおてるを頼りにしていた。

「あいつらに頼んでくりゃあいいんだろ」

と、金之助は足を踏み鳴らして、善蔵たちのところへ向かい、善蔵たちも快くという顔色ではなかったが、こより作りの仕事を引き受けた。

こうして、当初の思惑はどうあれ、賢吾は大変な仕事を受け持つ形となった。仕事の割り振りは金之助がするとしても、こよりをどう作るのかなどはやはり皆、賢吾から直に教えてもらいたがる。賢吾も未熟ながら、金之助やおてるの力を借りて自分の役目に向き合おうとし、いつの間にやら皆から「下足頭領」などと呼ばれているようだ。

当日も賢吾一人ではさばききれないということで、他の子供たちが賢吾を助けることになったが、これは善蔵と三四郎、千代吉が自ら買って出た。

こうして小さな波乱を含みながらも準備の日々は過ぎていき、やがて前日の七月十四日になった。

勝負で使う机だけを残して、それ以外は片付け、部屋の壁や廊下の壁には、子供たちの手習いの清書を貼りつけるなど、最後の準備が大急ぎで進められた。

そして、十四日の夕方、一通りの準備が調った学び舎に、妙春は子供たちを呼び集めた。

「皆さん、今日までさまざまな準備のお仕事、本当によくやってくれました。皆さんのお蔭で、滞りなく親御さんたちをお迎えすることができるでしょう。明日は大変な一日になると思いますが、自分に与えられた仕事をしっかりやると共に、勝負には正々堂々取り組み、親御さんたちに日頃の成果を見せて差し上げてください」

妙春は子供たちに労《ねぎら》いの言葉をかけ、それから金之助にも挨拶させた。

「おう、皆、いろいろとありがとな。ええと、以上。終わり」

金之助はこれこれについて話せと指示された時は、滑らかにしゃべることができるのだが、自分で考えて話せと言われると、妙に照れてしまうらしい。

「明日、親御さんたちの前でしゃべる時は、そんなふうではいけませんよ」

と、妙春が言うと、「明日はしゃべることが決まっているから大丈夫だよ」と胸を張る。

親には朝の四つ（午前十時）までに来てくれるように伝えてあり、まずは壁に貼り付けた手習いの書などを見て回ってもらう。四つになったら、子供も親も部屋へ入ってもらい、ここで金之助の挨拶となることになっていた。

「ご挨拶は紙を見ながらでもかまわないから、皆さんに聞こえる声で、ゆっくりとしゃべってください。挨拶文を書いた紙はちゃんと持っていますね」

「それは大丈夫」

金之助は袂《たもと》をのぞき込んで言った。

「では、今日はゆっくり休んで、明日は寝過ごしたりなどしないように。親御さんには朝の四つまでに来てくださるよう、今夜もう一度お伝えしてください」

それで、前日は解散となった。子供たちは挨拶して次々に学び舎を去っていく。まだ日は暮れていないが、この時刻になると、迎えに来る親もけっこう多い。

「先生」

この日、いつもならさっさと部屋を出ていく善蔵が、妙春に声をかけてきた。いつも連れ立っている三四郎や千代吉は一緒ではない。

「はい。何でしょうか」

「明日のことで話があるんだけど」

妙春は宗次郎と顔を見合わせ、「お聞きしましょう」と強張った表情の善蔵に向き直った。


翌七月十五日はさわやかな秋晴れであった。

子供たちはいつもの寺子屋の始まりと同じく、朝の五つ（八時）には集まっている。親に告げてある四つまでにはまだ一刻《いっとき》もあるのだが、子供と一緒にやって来たという親もけっこういた。

「では、初めは下足番の皆さんと、案内役の皆さんが忙しくなると思います。その当番ではない人も手が空いていたら、忙しい人のお手伝いをしてください」

妙春が子供たちに向かって言うと、促されたわけでもないのに、

「皆、よろしく頼むよ」

と、金之助がその場で大きな声を張り上げた。世話役としての自覚が備わってきたようであった。

他の子供たちも、金之助の言葉を素直な表情で聞いている。

それからすぐに、親たちの受け入れが始まった。案の定、下足番はてんてこ舞いのようだ。賢吾はこよりと木札の管理などにおいては何の不安もないのだが、他の子供に指示を出すようなことは期待できない。しかし、善蔵がその補佐についてくれたお蔭で、さほどの混乱もなく仕事をこなしているようであった。

下足を預けて中へ入った大人たちは、おてるをはじめとする案内役の子供たちによって、貼り出された手習いの清書の前へ導かれる。

「ここに書かれているのは、『万葉集』の歌の一部です。けれども、ただ字を覚えるために手習いをしたわけではありません。この歌は算法の九九を学べるようにもなっているんです」

と説明するおてるの口ぶりはとても滑らかである。事前に練習はさせているが、他の子供がつっかえたり恥ずかしがったりするところ、おてるは最初から慣れたものであった。

「へえ、九九ってどういうこと」

親が問いかけてくるのも想定済みである。

「御覧ください」

と、澄ました顔でおてるは言い、清書の歌を手で示した。

あさがりに　十六ふみおこし　夕がりに　とりふみたて

「朝の狩では、山野に踏みこんで寝ている獣を起こし、夕方の狩では、藪《やぶ》に踏みこんで隠れている鳥を飛び立たせるということです。ここに『十六』とありますが、これを『しし』と読んで、鹿や猪のことを言うんです」

「あ、『四四、十六』だからか」

と、九九を知っている親が思わず声を上げる。

「そうなんです。だから、これは九九でもあるんです」

おてるはにっこりと微笑《ほほえ》んで答えた。

「へえ、それじゃあ、こっちのはどういうことなんだい」

「それは……」

と、おてるは隣の手習いの清書へ移動し、さらに次の歌の説明に取りかかる。おてる以外の子供も、そこまで流暢《りゅうちょう》でなくともきちんと話はできているようだ。

妙春はあちこちを見て回りながら、親たちと顔を合わせれば挨拶を交わしているうち、あっという間に朝四つの鐘が鳴った。時を知らせる当番の子供たちが「朝四つになりましたので、部屋の中へお集まりください」と声をかけ始める。

妙春も急いで部屋へ向かった。子供と親がそろったのを見澄まし、前に立って挨拶をする。

「今日は皆さま、お集まりくださり、ありがとうございます。今日の寺子屋御覧はお子さんたちの成果を見ていただくためのもの。日頃、寺子屋で手習いをしている姿をお見せするわけではありませんが、子供たちが一生懸命準備をしたものですので、楽しみながら御覧になってください」

妙春に続けて、金之助が緊張した面持ちで前に立った。

「えー、今日は……」

舞い上がってしまったのか、紙を見ることを忘れている。妙春は後ろから金之助に近付き、「挨拶文の紙は?」と小声で促した。「あ、いけねえ」と思わず大きな声を出してしまい、親たちの笑いを誘っている。

金之助が博奕打ちの倅だということは親たちも知っているはずだが、相手が子供だからだろう、金之助に対する鋭い眼差しはなかった。黒い羽織姿で現れた金弥はいささか目立っているのだが、派手な裏地の小袖をだらしなく着ているよりはずっと立派に見え、緊張して我が子を見守る顔つきは、今の金之助によく似ていた。傍らのおりきの方はいつもと変わらず落ち着いている。

金之助は気を取り直して紙を取り出した。緊張したり失敗したりしながらも、うつむいてしまわないのが金之助のいいところだ。

「今日はお忙しいところ、ありがとうございます。これから行われるのは、まず字の美しさを競う書道勝負、それから算法の問いを解く算法勝負、最後に九九を言い合いながら腕力を競う九九腕相撲です。わたしたちはそれらの勝負のどれかに必ず出て、正々堂々、競い合います。勝っても負けても悔いが残らないよう努めますので、よろしくお願いいたします」

金之助は深々と頭を下げて、挨拶を締めくくった。

日頃の金之助の口からは決して出てこないような言葉が並んでいたせいか、金弥は口をあんぐりと開けてしまっている。それが何だかとてもおかしくて、妙春はそっとうつむき、笑いを噛み殺した。

初めに行われた書道勝負は個人で競い合うものだ。参加する子供たちは同じ課題を書き、親たちに上手と思える子の名を書いてもらって、点の多い者が勝者となる。これは予想通り、おてるがいちばん多くの点をもらった。昨日の夕方、急遽《きゅうきょ》出ることを決めた善蔵は二番手につけた。

続く算法勝負は組ごとで行うものと、個人で難問に挑むものの二通りがある。組み合わせは通常、仲のよい者同士が一緒になったが、特に仲のよい者がいない賢吾は取り合いになったらしい。金之助も善蔵もおてるも賢吾を自分の組にと言い張ったが、途中の経緯は妙春も知らぬものの、最後はおてるの組が賢吾を引き入れたという。勝負はもちろん、賢吾のいるおてるの組が一番だった。

続く個人での難題勝負には、自信のある親にも出てもらおうと声をかけたところ、おてるの父親の藤吉郎《とうきちろう》がこれに加わった。さすがに大店《おおだな》の番頭というだけあって算術は得意らしい。

これには宗次郎も加わり、一座を盛り上げた。難題勝負ということで、解けたのが大人二人と賢吾のみ。ただし、賢吾の解き終わったのが宗次郎とほぼ同時で、藤吉郎よりも早かったので、大人たちは一様に驚いたようであった。善蔵らこれに出た他の子供たちは、答えも出せず悔しがっていたが、善蔵は三つの勝負にすべて出て、一番にはなれずとも頑張っている。

そして、最後は九九腕相撲だ。

その始まる前、妙春は善蔵が母のおけいから声をかけられているのを目に留めた。おけいは部屋の端の方で、善蔵にややきつい口ぶりで語りかけている。声ははっきりと聞こえなかったが、おけいの表情を見れば、話の中身はおおよそ想像がついた。

――本当に、書道ではおてるに、算法では賢吾に負けて、情けない。九九腕相撲なんて遊び半分の勝負で勝ったって、大した功にもならないけれど、せめてそれくらい、いちばんになりなさい。

そんなようなことを言って発奮させようとしているのだろう。おけいとしては励ましているつもりだろうが、今の善蔵にそれを素直に聞き容れることができるかどうか。

心配していた通り、善蔵はおけいの手を振り切るようにして、母親から離れていった。

やがて、始まった九九腕相撲には、賢吾を除く男子が全員参加している。九九を言い間違えたらそこで負けとなるが、誰もがさんざん九九の暗唱をしてきたせいか、基本は腕自慢の子供が勝ち進んでいく形となった。

これに賭けている形の金之助はもちろん、善蔵も勝ち続けた。進行役を務めるのはおてるで、

「最後の二人が決まりました。金之助と善蔵です」

と、高らかに最後の勝負の発表をする。

「善蔵、頑張れよ」

と、たった今、金之助に負けた三四郎が善蔵を励ました。

「わざと難しい段を言ってやれよ。金之助の奴、大きい数になると言い間違えるかもしれないからさ」

と、こちらは早々に負けた千代吉が、小さな声で耳打ちした。善蔵はどちらにも返事をせず、勝負の場に臨む。

「始め」

と、おてるの掛け声で勝負が始まった。

「にいちが」と、初めに善蔵。金之助はすぐに「二」と答えたが、あまりに簡単な問

題に驚いたようだ。すぐに「くろく」と言い返す。「五十四」と善蔵は間髪を容れずに答え、「ににんが」と問題を出した。

両者の腕の位置は問題を出し合う度に少し動くが、力は拮抗《きっこう》していた。

その後も、善蔵は簡単な二の段の問題ばかりを、それも数の小さい方から順に出し続け、金之助は面食らっているようだ。

「何で、善蔵。そんな簡単なのばかり出すんだよ」

と、千代吉が不満そうな声を上げる。

その時、見物する親たちの中から、一つの影が離れていった。妙春はすぐに追いかけ、部屋を出た廊下のところで、「おけいさん」と声をかけた。相手が立ち止まったのを機に素早く近付き、その前に立ち塞がって両腕を広げる。

「お帰りになってはなりません」

「どうして先生にそんなこと、言われなきゃ……」

「あなたが善蔵のお母さまだからです」

妙春はおけいの目を正面から見つめ、はっきりと告げた。

「勝つことだけが大切なのではありません。それは今回のことに限らず、この世の道理なのではありませんか」

善蔵も初めは勝つことだけを考えていたはずだ。九九腕相撲と組対抗の算法勝負だけに出る予定だった。組対抗の算法勝負では自分たちの組に賢吾を引き入れて勝とうと、必死だったと聞いている。

しかし、昨日の帰り際になって、算法の難問勝負と書道勝負にも出たいと言い出したのだ。そのどちらも善蔵がいちばんになれる見込みは薄かったが、それでも善蔵は出ると言った。

「負けても挑む自分の姿を、お母さまに見ていただきたかったのではないでしょうか」

おけいがはっと表情を変えた時、室内からわあっと大きな声が上がった。

「戻りましょう」

と、妙春がおけいを促し、二人で部屋へ戻ると、金之助が九九腕相撲の最後の勝者となったところであった。

寺子屋御覧の一連の勝負が終わり、最後に子供たちと親が再び集められた。

書道、算法、九九腕相撲のそれぞれの勝者に、子供たちには内緒で用意した勝利の証《あかし》が贈られる。おてるには筆、賢吾には算法の書、金之助には手拭いが渡され、三人とも喜びを嚙み締めているようだ。

「それから最後に、皆さんの中で最も頑張った人にも、その証を贈りたいと思います。これはもらった点の合計で決めました」

妙春は、得点の出し方について説明した。まず、勝負に参加したことで一点が全員に与えられる。よい結果を出した者にはさらに加点される。加点の方法は、高い順に五、四、三、二、一という具合だ。算法の組対抗では、一番の組全員に五点が、二番の組全員に四点が加算される。個人の難問勝負も同様だ。

「それじゃあ、たくさん出た人が点をたくさんもらえるんですね」

と、おてるが問いかけてきた。「その通りです」と妙春は応じた。

「皆さんの多くは自分の得意なものに出たがって、苦手なものは避けようとしていましたね。それでも、苦手なものに挑んだり、なるべく多くの勝負に出たりした人は、自分の前に立ち塞がる壁に挑んだ立派な人です」

妙春の言葉に、子供たちは納得した様子でうなずいていた。妙春が宗次郎に目を向けると、宗次郎が用意してあった証の品を抱えて皆の前に披露する。

「わあ」

それは寄木細工の美しい箱であった。おてるは口をぽかんと開けている。うらやましそうに「いいなあ」と呟いている女の子もいた。

「これは桂《かつら》の木でできています。桂の木は昔、有能な人にたとえられていました。だから、とても難しいお役人の試験に及第することを、『桂を折る』と言いました。そんな桂の木にふさわしい人に、これを贈りたいと思います」

妙春は言い、子供たち一人ひとりの顔をじっと見つめた。うらやましそうな顔、あきらめている顔、切なそうな顔、期待している顔――さまざまな顔が妙春に向けられている。

その中に、少し拗《す》ねたような顔があった。妙春はその顔に目を留め、ゆっくりと名を呼びかけた。

「善蔵」

善蔵はきょとんとした表情になった。一瞬遅れて、「え、俺」と呟いている。

「そう。あなたですよ」

「でも、俺、どの勝負にも負けて……」

「聞いていなかったのですか。これは勝った人にあげるのではありません。今の自分に挑んだ人への贈り物なのです」

仲良しの三四郎や千代吉に突《つつ》かれ、善蔵は立ち上がって妙春の前に進んできた。

「今のあなたは桂にふさわしい子です。いつまでも、今の気持ちを忘れず、桂のようであろうと努めてください」

善蔵は箱を受け取り、「はい」と素直な返事をした。久しぶりに見る善蔵の素直な様子であった。そして、今の善蔵を見つめる子供たちの顔に、不満そうな色は一つもない。

妙春は親たちの佇《たたず》む中に、おけいの顔を探した。おけいはわずかに涙ぐんでいるように見えた。

第四話　誰《た》そ彼《かれ》は

一

七月十五日、親たちの寺子屋御覧《ごらん》は無事に終わった。

「今夜は望月《もちづき》よ。ぱあっと月見酒といこうじゃないの」

その晩、蓮寿は隣家の大造に声をかけ、宗次郎と勝之進の二人を侍《はべ》らせ、酒盛りをした。

「わたくしはお酒をたしなみませんので」

妙春は酒も飲まず、酌もしなかったが、飯炊きの小梅の手が回らないので、専ら台所の手伝いである。酒を温め、酒の肴《さかな》を運ぶだけでもけっこうな仕事量であった。

小梅はそら豆の塩ゆで、茄子《なす》の胡麻和《ごまあ》え、蓮根《れんこん》のきんぴらなど、ちょっとした肴をぱぱっと作ってしまう。

「いつものことですが、大した腕前ですね」

妙春は感心して呟《つぶや》いた。

小梅は妙春がかつて身を寄せていた水戸《みと》の寺で世話になっていたみなしごの少女だった。妙春が江戸へ出ると決まった時、どうしても一緒に行きたいと泣き喚《わめ》き、何でもすると言って聞かなかったのである。妙春も妹のようにかわいがってきた小梅を気がかりに思っていたので、蓮寿の許しを得て、薫風庵へ連れてきたのだった。

以来、薫風庵の台所は小梅に任されている。

「これなら、いつお嫁にいってもよさそうです」

妙春が言うと、小梅は包丁を握る手を止め、妙春をじっと見つめながら、首を横に振った。

「あたし、蓮寿さまや妙春さまのように尼になりたい」

小梅がそう訴えるのは初めてのことではない。薫風庵へ来る前から妙春を慕い、自分も妙春のようになりたいと常々言っているのだった。

そう言ってくれるのはありがたいが、小梅には出家しなければならぬ理由などない。すでに身寄りのない寂しい境遇なだけに、小梅には夫や子供を持って仕合せになってもらいたいという気持ちがあった。しかし、かつて父親から日々殴られ続け、母親と一緒に寺へ逃げてきた過去を持つ小梅だけに、夫を持つことへの不安や恐怖がまだあるのかもしれない。

「そのお話はまた改めてのことにしましょう。小梅がお嫁にいくことになるとしても、まだ先のことでしょうし」

今の小梅にはまだ早すぎる話だったかと反省し、妙春は話を変えた。

「ここ最近は寺子屋の方が忙しくて、お前の手習いをゆっくり見てあげられなくてごめんなさいね。今度、一緒におさらいしましょう」

「ありがとうございます。時々、蓮寿さまにも見てもらいながら、あたし、ちゃんと手習いを続けていたんです」

小梅はぱっと顔を輝かせた。素直で熱心なので、できれば寺子屋の子供たちと一緒に学ばせてやりたいところだが、そう勧めても断られてしまった。しっかりした親がいて、寺子屋へ通わせてもらえる子供たちとは境遇が違うと、思うのかもしれない。恵まれた年下の子供たちを前に、かえってつらい思いをさせてしまうのはかわいそうだと、妙春もそれ以上は勧めなかった。

「でも、そういうことなら、妙春さまはこれからもこの薫風庵にいられることになったんですね」

小梅も妙春が親たちの要請で、ここを追われるのではないかと心配してくれていたのだろう。そのことで、あれこれ妙春に訊《き》いてくることはなかったが、小梅の立場は妙春に付属しているようなものであったから、心配するのも道理であった。

「実は、まだ分からないの」

妙春はよい機会だと考え、正直に答えた。

「確かに、寺子屋御覧は成功したと言ってよいものでした。でも、わたくしではなく城戸さまに子供たちを任せたいという、お母さまたちの願いが取り下げられたわけではないのです」

「そうなのですか……」

小梅は眼差《まなざ》しを自分の手もとに落とした。

「でも、仮にわたくしが出ていくことになったとしても、小梅は引き続き面倒を見てくださるよう、蓮寿さまにお願いするつもりです。だから、心配しなくてもいいのですよ」

「とんでもない。妙春さまがここを出ていかれるのなら、あたしもご一緒させてください。江戸の片隅でも、余所《よそ》の土地でも、どこでもお供いたします」

「何を言うの。どこへ流れていくか分からないわたくしの旅に、付き合わせることはできません。お前はここで引き続き、蓮寿さまと城戸さまのお食事のお世話をさせていただきながら……」

「妙春さまが出ていかれた後も、城戸さまはお残りになるんですか」

その物言いには咎《とが》めるような響きがこめられていた。

「寺子屋のお母さまたちが、城戸さまに子供たちを教えてもらいたいとお望みですから」

「それっておかしいですよね。寺子屋薫風庵はもともと妙春さまのものだったのに」

小梅は激しい口ぶりで言った。

「寺子屋薫風庵はいつだって蓮寿さまのものですよ」

「でも、城戸さまが妙春さまの何もかもを奪うことに、あたしは我慢がなりません。あの方が出ていけばいいのに」

小梅は言い切るなり、妙春に背を向け、まな板の茄子を切り始めた。これ以上話をする気はなさそうなので、妙春も空いた銚子を受け取るべく、客間へと向かった。

「あら、妙春もちょっとは付き合いなさいよ。無愛想な顔ばかりしていないで」

宗次郎と勝之進の酌を受け、蓮寿はたいそう上機嫌だった。

「悪いね、妙春さん。あんたも酒は飲めなくとも、ここで少しゆっくりしたらいい。疲れてるだろう」

大造が労《ねぎら》ってくれる。蓮寿の酔いっぷりに比べれば、大造はさほど酔っているふうでもない。

「それにしても、妙春さんも城戸さんもここに残れることになりそうなんだよね」

大造も話の成り行きを耳にして心配していてくれたようだ。それを聞くなり、妙春より先に蓮寿が口を開いた。

「当たり前でしょ。二人とも子供たちにとって大事な人。今日の子供たちの姿を見て、それが分からないような親はうちにはいないわよ」

「本当に、そうなるといいんだがね。今、このお二方から聞いたところじゃ、一筋縄じゃいかない親が多いようだからさ」

大造が宗次郎と勝之進を目で示しながら言う。宗次郎はもちろんのこと、勝之進もここ数日の見回りと取り次ぎで、多くの親と接し、大変な思いをしたようだ。

「堤さまには本来のお仕事ではございませんのに、難儀なことに巻き込んでしまい、恐縮しております」

　寺子屋御覧が終わってから、いったん日向屋へ戻った勝之進には、まだきちんと礼を言ってなかったので、改めて頭を下げる。

「いえ、私の雇い主はあくまで日向屋のご主人で、薫風庵の警護も主人から申しつかったことですので、お気遣いなく。しかし、ここ半月ほど見ていただけですが、ここの親たちは本当に身勝手ですな」

　酔いが回っているのか、ほの赤い顔をした勝之進は遠慮のない口ぶりで言った。

「確かに身勝手なことをおっしゃる親御さんもおりますが、いつもというわけではありませんし、話の分かる親御さんもおいでです。それに、ご両親のうち、どちらかがしっかりしておいでであれば、片方の親御さんが多少道理を外されても、お子さんはまともに育つのだと、わたくしは思います」

「妙春殿はまた、甘いことを言っておられる」

　勝之進は絡むような調子《ずうずう》で言った。

「そんなふうだから、図々しいばかりの親に付け込まれるのです。蓮寿殿を御覧なさい。隙《すき》がまったくないから、親たちにも付け入らせないではありませぬか」

「蓮寿さまには隙がなく、わたくしには隙がある……」

そんなふうに考えたことがなかったので意外な気がしたが、言われてみれば、勝之進の言葉は的を射ているようにも思われた。

「堤さま。わたくしの隙とはいったい、どのようなものでございましょうか」

妙春は改まった態度で、勝之進に尋ねた。

「だから、親に付け込まれる隙ですよ」

「それではお答えになっておりません。わたくしが親に付け込まれる隙とはいかなる隙なのか、別の言葉で分かるように説いていただきたいのです」

「と言われても、他に言いようは……」

「では、親御さんはわたくしの何を見て、付け込もうとお考えになるのでしょうか」

「それは、付け入りやすく見えるところでしょう」

「それでは……」

「ああ、もううるさい人たちだわね。そんなこと、どうでもいいでしょ」

蓮寿に顔をしかめられた。

「そもそも、隙があるから付け込むってのは、因果の理《ことわり》が成り立つ場合。あの親たちにそういう理屈は成り立たないでしょ。情で動いているんだから。親兄弟の情ってやつ。時に熱くて、どろどろしてて、沸き上がっちゃうやつよ。そうなると、もう手が付けられなくなっちゃうんだけどねえ」

「確かに厄介なものですな。私にも思い当たるところがあります」

「あら、勝之進さんって、お国はどちらでしたっけ」

そう言えば聞いていなかったと、蓮寿が勝之進に目を向ける。

「私の話はいいですよ。それより、日向屋のご主人のご意向もお忘れにならないでください。ご主人は寺子屋がどうというより、この薫風庵がいかがわしい噂《うわさ》を立てられたことに憤っておられます」

勝之進が話を変えて、宗次郎に目を向けた。

「やはり、日向屋のご主人は、私が出ていくことを望んでおられるということですか」

「寺子屋の師匠をやるやらないは、この際、どうでもよいのです。何なら師匠として外から通うこととて、できぬわけではありますまい」

勝之進の言葉に、目の色を変えたのは蓮寿であった。

「あのねえ。長屋を借りるのだって、お金がかかるでしょ。宗次郎さんは一文無しになっちゃったの。それを助けてやろうってのが人情ってもんでしょうが。まったく、あの若旦那は情が乏しいんだから」

「蓮寿殿、あの方はもう若旦那ではなく、日向屋のご主人です」

勝之進が言うと、蓮寿は不服そうに口を尖《とが》らせ、盃《さかずき》に残っていた酒を一気に飲み干した。それから、ぐいっと盃を突き出すので、「蓮寿さま」と妙春が口を挟む。大造の眼差しが「もうそろそろ」と訴えているのが分かったからだ。

「もう月も見られる頃でしょう。そろそろ皆さまそろって、外の月を御覧になりませんか」

「そうだそうだ。今日は月を見るってんで集まったんだった。ま、酒は十分だから、酔い覚ましに月を見ながら帰るとするかね」

大造が言い、盃を伏せて置いた。

勝之進も帰ると言い、宗次郎も学《まな》び舎《や》の方に引き揚げるという。

「では、わたくしたちもお見送りにまいりましょう」

妙春は蓮寿の腕を支えて言い、台所の小梅にも声をかけ、皆で外に出た。

東の空に、黄金の盃のような月が浮かんでいる。初秋のさわやかな夜風が心地よく、虫の声がどことなく胸に迫ってきた。

犬槙で囲まれた生垣の切れ目まで皆でそぞろ歩き、そこで、勝之進と大造を見送った。大造はすぐ隣だが、勝之進は夜道を十町（約一・一キロメートル）ほどは歩いていかねばならない。

「お気をつけてお帰りください」

妙春は用意してきた提灯《ちょうちん》を勝之進に渡して告げた。

「ありがとうございます」

勝之進が提灯を受け取った後、妙春の目を見据えた。

「やはり、これからも寺子屋を続けられるのですな」

妙春にしか聞こえぬほどの小声であった。提灯の照り返しを受け、勝之進の両眼《りょうめ》は鈍く光って見えた。

これまでも妙春のことを思い、寺子屋を辞めるよう勧めてくれた勝之進である。この時も同じ気持ちから言ってくれたはずであった。

しかし、なぜかこの時、妙春は勝之進と目を合わせているのが息苦しく感じられた。

「親御さんたちのお気持ちが変わってくださることを願うしかありませんが、わたくしから辞めるつもりはございません」

そっと目を伏せ、小声で答える。

「そうですか」

勝之進は納得した様子で言い、「それでは失礼いたします」と提灯で足もとを照ら

き出す。

しながら去っていった。

宗次郎も学び舎へ入り、妙春と小梅は蓮寿を左右から支えながら、庵《いおり》へ向かって歩
「おけいさんだけどね」

と、その時になって蓮寿が突然、善蔵の母親の名を出した。

「まだ、他の母親たちと話したわけじゃないそうだけど、妙春にもこのまま残ってほしいと言っていたよ」

「まことでございますか」

足もとに注意しながら歩いていた妙春は、足を止めて顔を上げた。その目に月の光が鮮やかに飛び込んでくる。

「ああ。あの母親がいいって言えば、他の親は長いものに巻かれるだろうから気にしなくていいよ。ま、だからといって、いかがわしい噂とかがなくなったわけじゃないけど、まあ、あんなのはほんとにやっかみなんだから」

「蓮寿さまへのやっかみでございますね」

「ま、それが大半だけど、妙春、お前へのやっかみもあるんじゃないの」

「わたくしへの——？」

「夫に死なれたわけでもないのに、その尼姿をしていることがさ。何だか『わたくしは皆さんとは違いますのよ』ってお高く留まっているように見えちゃうんじゃないかねえ」

「そんなものでしょうか」

妙春は首をかしげ、再び歩き出そうとしたが、蓮寿は足をそのままに、口を開いた。

「で、妙春。お前はどう思っているの。宗次郎さんにこれからも寺子屋を手伝ってほしいの」

「それはもちろんです。子供たちもあの方を頼りにしておりますし」

「そう。なら、いいんだけど」

宗次郎に対する蓮寿の物言いが、いつもより心なしか冷めている気がした。妙春はなぜか胸がざわざわした。そのせいか、いつもならここで収めるはずの会話をさらに続けた。

「蓮寿さまこそ城戸さまにいていただきたいのだと思っていましたが」

「それはそうだけれど、あの人だってずっとここにいようって気ではないでしょうよ。本気で出ていくって言い出した時、引き留める力なんかないからねえ」

「いいじゃないですか、それでも」

と、小梅がその場を盛り上げるような明るい声を上げた。

「もともと薫風庵は、蓮寿さまと妙春さまとあたしの三人だったんですし。また、三人に戻るだけです」

「お前はまだまだ子供だねえ」

蓮寿が溜息《ためいき》交じりに言う。

「どういうことですか」

「言葉通りよ。尼の世話なんかしていたから、浮世離れしちゃったのかしら」

「別にいいです。あたしも尼になりたいんですもん」

小梅が口を尖らせて言い返し、「やれやれ」と蓮寿が思い切り溜息を吐《つ》く。

「あ、月に雲が……」

その時、墨を流したような雲がまぶしい月を隠してしまった。

二

翌朝、妙春はふだんのように五つに学び舎へと向かった。寺子屋御覧は子供たちにとってはお祭りのようなもので、それが終わってしまった今、気が抜けてしまうのではないかと、心配である。

しかし、昨日の帰り際は疲れた様子を見せていた子供たちだが、一晩経《た》てば、すっかり元気を取り戻していた。

「先生、次の寺子屋御覧の日はいつあるの」

と、さっそく訊いてきたのは金之助だ。

「うちの親父《おやじ》もおっ母《か》さんも、次も行くって言ってたぜ」

金之助に続いて、「うちも」「うちも」と子供たちが口々に言う。

「次は一等になれって、おっ母さんが手習いを見てくれたの」

「俺は、九九を言わされたぜ」

などと言う子供もいた。親は子供が学んでいる中身や習熟の程度に、これまでにない関心を寄せたようである。

子供たちもそうやって親から構われるのを嫌がっているふうではない。聞くところでは、親たちが寺子屋御覧や子供たちの習熟具合に不満を抱いているふうでもなかった。

「俺、もっと九九をちゃんとやっときゃよかった」と反省の言葉を口にする子供もいれば、「次はもっと算法の難しい問いが解けるようにする」と意欲を示す子供もいる。

この様子ならば、妙春と宗次郎の二人でこのまま寺子屋を続けることができるかもしれない。そう望みを抱きつつ、子供たちの席を見やる妙春の心には、いつにない気がかりがあった。

「ところで、おてるはどうして来ていないのでしょう」

子供たちに問うと、皆、一様に首をかしげている。

「お清《きよ》は何か訊いていませんか」

おてると仲が良く、いつも一緒に帰る少女に尋ねたが、朝は一緒ではないという。他の者にも尋ねてみたが、昨日寺子屋で別れた後のおてるのことは、誰も知らなかった。

もちろん、昨日までの疲れが出て、寝過ごしてしまったというだけかもしれない。おてるに限って遅刻などあり得ないようだが、それだけ寺子屋御覧のために頑張っていたと考えることもできる。

「少し疲れが出て、今日はお休みなのかもしれませんね」

取りあえず待ってみることにし、子供たちには手習いを始めるように伝えた。子供たちは寺子屋御覧直前の必死さこそ薄れていたが、意欲をもって課題に取り組み始める。

その後は、宗次郎と一緒に子供たちの様子を見て回り、やがて昼の九つを迎えたが、最後までおてるは来なかった。いつものように子供たちに終業を告げ、子供たちは帰り支度を始めたが、

「妙春先生」

と、その時、賢吾が話しかけてきた。返事をすることは多くなったが、自ら話しかけてくるのはめずらしいことである。

「どうしましたか」

「おてる……」

と言って、賢吾は誰もいないおてるの席に目をやった。

「おてるのことが気になるのですね」

と、声をかけると、賢吾はうなずいた。

「わたくしも気になりますので、これからおてるの家を訪ねてみるつもりです。心配しないで大丈夫ですよ」

そう言っても、賢吾の表情は変わらない。納得して帰る様子も見せない。自分も一緒に行きたがっているのだろうかと思いつつ、これから学び舎の後片付けをし、いったん庵へ戻ってから出かけるまでの間、賢吾を待たせるわけにもいかなかった。

その時、妙春の目に、いつもの仲間たちと一緒に帰ろうとしている金之助の姿が入った。

「金之助、少しいいですか」

と、呼び止めると、不思議そうな顔をしつつも金之助がやって来た。

「賢吾と一緒に帰ってくれませんか」

「いいよ。一緒に帰ろうぜ、賢吾」

金之助は快く聞き容《い》れてくれた。

「そのついでに、おてるの家へ寄ってみてほしいのです」

「おてるの家へ?」

金之助は少し困惑気味の表情を浮かべている。

「あなただって気にかかるでしょう、おてるのこと」

「そりゃあ、どうしたのかなって思うけどよ。俺、あそこん家《ち》のお父《とっ》つぁんとおっ母さんに嫌われてるからな」

「それは、あなたが紙屑《かみくず》を投げ込んだりしたからでしょう。でも、きちんと謝っているのですから、根に持ったりはしておられませんよ」

ぐずぐず言ってはいたものの、賢吾が気にしているということは察したらしく、金之助はおてるの家へ寄っていくと約束してくれた。

「わたくしもこれからお宅へ伺うつもりですから、あなたたちはおてるの様子だけ聞いたら、そのままお家《うち》へお帰りなさい。わたくしのことは待たなくていいですからね」

「分かった。先生が行くってことも伝えておくよ」

金之助は気軽に言うと、賢吾の肩に手を回し、他の子供たちを引き連れて帰っていった。

「おてるの家へは私もご一緒しましょう」

宗次郎もそう言い出したので、二人で片付けを終えた後、連れ立って出かけることにした。おてるの家は町内の端にある金之助の家と寺子屋を結ぶ真ん中くらいにある。金之助の通り道になっているため、紙屑の標的にされてしまったのだが、行ってみれば、金之助たちがおてるの家の前に立っていた。

「どうしたのですか。わたくしたちのことは待たないでよいと申しましたのに」

妙春はすぐに駆け寄ったが、子供たちの顔が強張《こわば》っている。

「おばさん、先生たちが来た」

金之助が家の中へ声をかけると、おてるの母が中から駆け出してくる。何かよくないことがあったのかと心が騒いだ。

「おてるが寺子屋へ行っていないというのは、まことでしょうか」

おてるの母のまさ代《よ》は妙春に取りすがるようにして問うた。

「はい、来ておりません。それで、この子たちもわたくしどももお伺いに上がったのですが……」

聞かなくとも分かる。おてるは今朝、寺子屋へ行くために家を出たのだ。しかし、寺子屋へ到着するまでの間に何かがあり、姿を消してしまった。

「お聞かせください。おてるさんは今朝、いつもと同じくらいにお宅を出られたのですか」

「いえ、いつもよりは少し早かったと存じます」

「おてるさんは子供たちの中でも早めに来る方だったと思います。いつもは、始まる四半刻《しはんとき》ほど前には到着しているかと――」

「ええ。でも、今日は妙春先生に話があると言って、それより少し早めに出たのです」

「わたくしに話とは……。お母さまはその中身をご存じだったのでしょうか」

「私が余計なことを話してしまいまして。その、妙春先生がお辞めになるかもしれないって話を……。いえ、私も娘もずっとお世話になりたいと思っているんです。だからこそでしょう。娘はそれを聞いて心配になったらしく、妙春先生に辞めないでってお願いすると言っておりました。失礼になるんじゃないかと思ったのですが、あの通り、言い出したら聞かない子ですので」

妙春は胸が詰まった。

今朝、いつもより早くやって来たおてるから、その話を聞かされていたら、どれほど嬉《うれ》しかったことだろう。だが、どうしてか、おてるは寺子屋に現れず、いまだに所在が分からないのだ。

「お母さまはすぐにお父さまにお知らせになり、番屋にも伝えられた方がよいと存じます。わたくしどもはこのまま薫風庵へ戻り、道すがら、おてるさんのことを尋ね回ってみます。何かあったら、すぐにお知らせにまいりますので、お母さまは気をしっかりとお持ちになってください」

妙春はまさ代の手を取って言った。その指の細い手は冷たく、小刻みに震えている。

「あなたたちはすぐにお家に帰りなさい。昼間ですから大丈夫だと思いますが、今日は寄り道などはせず、このまままっすぐ帰るように」

子供たちはこの事態に動揺を隠せぬ様子であったが、いつになく厳しく告げられた言葉に黙ってうなずき返している。

「おてるのことも心配でしょうが、お母さまやわたくしたちに任せてください。決して、闇雲に余計なことを人にしゃべったり、自分たちで捜そうなどとは考えてはいけません。よいですね」

宗次郎が子供たちを送っていくというので、後を任せ、妙春は薫風庵への道を一人で戻りつつ、途中、異変はないかと目を配り、知り合いを見れば、おてるのことを尋ねてみた。

しかし、今朝、おてるの姿を見たという者はいない。

何も分からぬまま、薫風庵へ戻り、急いで蓮寿にこのことを伝える。

「あのおてるに限って、見知らぬ者に甘い言葉でつられたってことはないでしょうね」

蓮寿がいつになく厳しい表情で言う。

「わたくしもそう思います。自分の考えでどこかへ行くとも考えられませんから、よからぬ輩《やから》に連れ去られたものか」

「黄昏時《たそがれ》に外をうろうろしていて、難に遭ったっていうならともかく、朝っぱらなんてねえ」

「はい。かはたれ時というほど早いわけでもありませんし、今朝は霧が出ていたわけでもありません」

　もしおてるが誰かに連れ去られたとして、それが薫風庵のごく近くで起きたことなら、自分はおてるやその両親にどう詫《わ》びればいいのだろう。どうして、子供たちがやって来る時刻に、外の見回りをしていなかったのか。そういうことは全部、宗次郎に任せきりにしていた。宗次郎一人では見て回れる範囲に限りもあったというのに。

「とにかく、悪者にさらわれたとかいうことなら、親もとへ何か言ってくる。もしかしたら、怪我《けが》をしたり具合が悪くなったりして、誰かに助けられたってこともあるかもしれないし、しばらく待つしかないでしょうね」

　蓮寿の言葉に無言でうなずき、妙春は湧き上がる不安を必死にこらえた。ふと気づくと、先ほどのまさ代のように指先が震えている。それを静めるべく、妙春はもう片方の手で震える指を固く握り締めた。

「ただ今、帰りました」

　やがて、宗次郎が帰ってきた。二人のいる部屋へ現れた宗次郎は、まず子供たちを全員、家へ送り届け、親にも事情を話してきたと伝えた。

「そして、ここへ戻ったところで、飛脚と鉢合わせたのですが、こんなものを預かりました」

と、一通の書状を差し出した。宛先は薫風庵の妙春尼となっている。

「わたくし宛ての書状ですか」

自分に宛てて書状をしたためる者がこの世にいるだろうかと訝《いぶか》りつつ、妙春は宛名を書いた包み紙を開けた。中から出てきた書状をその場で開く。

『汝《なんじ》、子等《こら》を導くこと、許さるまじ。即刻、庵より立ち去るべし』

書き手の署名はなかった。

――お前が子供たちを師匠として導くことは許されない。すぐに、薫風庵から立ち去れ。

目の前が真っ白になった。

その呪縛からは何とかすぐに覚めることができたが、頭がどうにかなりそうだ。

これは、おてるのことと何か関わりがあるのだろうか。

それとも、寺子屋御覧の前から、自分を疎《うと》ましく思っていた親たちからの申し渡しなのか。昨日会った親たちの顔は、最後には皆、和《なご》やかなものになっていた。自分の勘違いでなければ、少なくともそれまでに抱いていた自分への不信感を、わずかながらでも和らげてくれたものと思っていた。

だが、それは見せかけに過ぎなかったのだろうか。子供たちの頑張りや笑顔に満足することと、この自分への評価は、また別のものということだろうか。

「いったい、どうしたっていうの」

蓮寿から声をかけられ、妙春は書状を手渡した。蓮寿が読み終えた後、宗次郎にも見せてよいかと問われたので、かまわないと答える。宗次郎は目を通した後、困惑気味に、

「これは、おてるの一件と関わっているのでしょうか」

と、呟いた。

「まったく関わりのない親御さんの要望かもしれません」

「しかし、それならば堂々とここへ乗り込んでくるのではないでしょうか。これまでもそうしていたのですし、そうすることに差し支えがあるとも思えない」

宗次郎の言葉に「そうね」と蓮寿が応じた。

「確かに今までのことから考えれば、ここへ怒鳴り込んでくればいいだけだものね。寺子屋御覧の後、他の親御さんたちが態度を和らげちゃったんで、孤立したってことも考えられるけど、それなら自分の子供だけ寺子屋を移ればいい。ここまで手の込んだことをするのは、やっぱり馬鹿げているわ」

その理屈は確かにもっともである。

「そうなると、おてるが狙われたのは、わたくしを憎く思う誰かのせいということになるのでしょうか。でも、どうしておてるなのでしょう」

その点に関しては、宗次郎も蓮寿もこれという考えが浮かばなかった。ひとまず、こういう書状が来たことを、おてるの親の後を追って番屋に届け出た方がいいだろうと、三人で話をまとめかけた時、庵の戸を壊れんばかりに叩《たた》く音が聞こえてきた。

「もうし、先生方。おてるのことで話がございます。入らせてもらいますよ」

という男の声がして、戸が開けられた。おてるの父、藤吉郎の声だ。

妙春は急いで玄関口へと走った。その時にはもう、おてるの父は履き物を脱いで中へ上がってきている。廊下で鉢合わせるなり、

「妙春先生、あんたが人殺しの娘ってのはどういうことなんだ！」

藤吉郎は片手に持った紙を振り回しながら、激しい怒りの声で叫んだのであった。

三

『薫風庵の妙春尼、人殺《あや》めたる者の娘なり。天誅《てんちゅう》を下すべく、貴殿の息女連れ去りし

も、尼、庵を去らば息女家へ帰らん』

藤吉郎が振り回していた書状は、妙春のもとへ送られた書状と同じ手蹟《て》だった。

――薫風庵の妙春尼は人殺しの娘である。天誅を下すため、お前の娘を連れ去ったが、妙春尼が薫風庵を去るならば、お前の娘は家へ帰れる。

藤吉郎はこの手蹟に覚えがないと言い、それは妙春にしても同じだった。

「先生、あんたがここから出ていってくれりゃ、おてるは帰ってくる。もちろん、おてるのために、ここを出ていってくれますな」

藤吉郎は薫風庵の客間で、妙春に言い放った。その眼差しは罪人を見るかのようであった。

「もちろん、わたくしはおてるが無事に帰ってくるのであれば、何でもするつもりです」

「だったら――」

と、藤吉郎が身を乗り出した時、「お待ちください」と声を発したのは宗次郎であった。

「そもそも、この書状に書かれているように、下手人がおてるを帰してくれるかどうか分かりません。相手が金品を求めているのなら、手に入れた後、おてるを解き放つことも考えられますが、この度は……」

藤吉郎は宗次郎を鋭く睨《にら》みつけた。

「城戸先生、あんたはあまり驚いていませんな。この書状に書かれていることを前もって知っていたんじゃありませんか」

妙春ばかりでなく、宗次郎を見る眼差しまでが敵意に満ちている。

「今も申しましたように、私は子供を連れ去るような悪人の言葉を鵜呑《うの》みにはしないということです。おてるの無事を願うのであれば、我々が冷静でいなければならないでしょう」

「しかし、娘を取られている以上、忌々《いまいま》しいが相手の求めに応じるより他に、どんな手があるというのです。それが分かるのなら教えてほしい。金を出せば娘を返してやるというなら、借金してでも払いますよ。けれど、相手の求めが、妙春先生の立ち退きなんだから、そうしてもらうより他にやりようがないんだ」

藤吉郎はひとしきりしゃべりまくると、それからひたと妙春に目を据えた。

「それじゃあ、ちょっと別のことをお尋ねしますよ。私も気がはやって、妙春先生にこちらを去ってもらうことしか頭になかったが、この犯人は先生のことを『人殺めたる者の娘』と言っている。これはいったい、どういうことなんです」

「それは……」

「城戸先生は悪人の言葉なんざ鵜呑みにしないとおっしゃった。私も鵜呑みにはしていない。だから、本当のところを聞かせてもらいましょうか。おてるの命がかかっているんだ。ごまかしはなしでお願いしますよ」

妙春は伏せていた目を上げて、藤吉郎を見た。尖った眼差しが突き刺さってくる。しかし、妙春が感じる以上の痛みを、藤吉郎は負っている。

ごまかすつもりは毛頭なかった。

「分かりました。お父さまにはお話しいたします。これは、わたくしの父のことを言っていると思われます」

妙春は淡々と切り出した。自分でも落ち着いている声だと思えたが、それでは他にどんな話し方があるのかと言われれば、思いつかない。

悲しく忌まわしい物語は、できるだけ情に流されず、淡々と語る以外にふさわしい話し方はないだろう。

「わたくしの父は奥州《おうしゅう》は秋田、久保田藩の藩士でございました。藩学——初めは学館と呼ばれ、今は明道館と名を変えたその藩学にて、算法を教えていたのでございます」

藤吉郎は表情を硬くしたまま、何も言わない。蓮寿や宗次郎も口を挟もうとしなかった。

妙春は語り続けた。

「十二年ほど前、久保田藩の支藩である岩崎藩から、若殿のご指南役を明道館の学徒たちの中から選んでほしいというお話が舞い込みました。あくまで一時のことでございますが、学徒たちは出世の糸口と思ったようです。出自は低くとも有能な者を見つけ出して育てる、というのが藩学の意義であり、そういう者が多く通っておりましたので。算法方ではその者を選ぶのに、試験を行うことを決め、わたくしの父が作問《さくもん》の係となりました。ところが、学徒の中に、その試験の問いを事前に盗み見ようとした者がおり、父は厳しく叱責いたしました。その後、その学徒の方が父の家まで参ったのでございますが、父は留守にしておりまして、会えぬままお帰りになったのです。帰宅した後の父はそのことを聞きまして、その方の家まで訪ねていきました。今度は学徒の方が家におらず、父は会えぬまま、そちらのお宅を後にしたそうです。父の足取りが明らかなのはそこまでで、翌日、父とその方は近くの川でおぼれ死んだ姿で発見されました」

妙春は語り終え、口を閉ざした。

「それは……どういう」

藤吉郎が掠《かす》れた声で問いただす。

「二人がおぼれ死んだことは確かで、それ以外に目立つ傷などはなかったようです。どうして二人が死ぬことになったのか、その経緯《いきさつ》はもう分かりませぬ。ただし、父は何があろうとも、教え子の方を大事に思っておりました。それは、わたくしが父の口から直《じか》に聞いたことですし、わたくしは父を信じております。ただ、教え子の方はまだ二十歳前で、父は大人。一緒に死んでいたのであれば、教え子の方の死に責めを負わねばならぬ立場であることに間違いはありません」

「先生のお父さんが、あんまり厳しく叱ったので、それを苦に身投げでもしたんじゃ……」

藤吉郎がわななくような声で問うた。

「そうかもしれません。父はそれを止められず、自ら死んで罪を償おうとした、と言う方々もおりました」

それまでと変わらぬ妙春の物言いに、藤吉郎が突然いきり立った。

「そうかもしれないって、妙春先生、あんた、そんな冷たい声で、澄ました顔して言うようなことじゃないでしょう。あんたの父親が直に手を下したんでなくとも、その教え子が死んだ原因になっているのは間違いないんだからさ」

「藤吉郎さん、落ち着いてくださいな。妙春はこういうふうにしか話せないだけなんですよ。決して何とも思っていないわけじゃありません。おてるちゃんのことだって、責めを感じているんです」

それまで黙っていた蓮寿が初めて話に割って入った。蓮寿にたしなめられると、藤吉郎は途端にきまり悪そうな表情になる。

「いや、私こそ我を忘れて、お恥ずかしい」

「おそらく、今、藤吉郎さんがお感じになったお怒りを、父の教え子の身内の方々もお感じになったことと思います」

妙春がさらに言葉を継ぐと、「もうおよし」と蓮寿が遮り、その後を引き継いで語り出した。

「妙春の家はその後、家禄《かろく》を召し上げられ、母君も間もなく亡くなられたんですよ。本来婿を取って家を継ぐはずだった妙春は、それから出家の道へ入りました。父君と母君はもちろんですが、その亡くなった教え子の方の菩提《ぼだい》を弔うためのことなんです」

藤吉郎は蓮寿の話に目を閉じて聞き入っていた。話が終わるとおもむろに目を開け、再び妙春を見据える。

「もしも、おてるがこうなる前に今の話をお聞きしていたらね、私はただ、妙春先生のお父上も先生ご自身もお気の毒だと思っただけでしょう。その教え子の人も気の毒だとは思いますが、自らまいた種だと言えなくもない。先生のお父上は教え子のせいで、理不尽な咎《とが》を背負うことになられた。今の妙春先生もいわば同じでしょう。妙春先生に何か悪いところがあるとは私も思っちゃいない。けれど、ここはおてるのために、理不尽な咎をどうか背負ってやってください」

藤吉郎はその場に両手をつき、頭を深々と下げた。

「妙春先生が悪いわけじゃない。それはもう本当によく分かっていますよ。けれど、そういうお父上の娘である先生に、うちの娘を預けたいかって言われると、正直、考えちまう。だから、どうか、ここはこらえて、薫風庵を出ていってくれませんかね」

「お顔をお上げください、お父さま」

妙春は静かに告げた。

「わたくしがここにい続けることと、おてるさんの無事と、比べてみるまでもないことです。わたくしはここを出てまいりますゆえ」

「あ、ありがとうございます、妙春先生」

頭を下げたまま礼を言う藤吉郎の声は、涙に咽《むせ》んでいた。蓮寿も宗次郎も口を挟もうとはしない。

それから、藤吉郎が帰っていくのを見送った後、妙春は自分が使わせてもらっている部屋へ引き取った。ここを出ていく支度をするためだった。

すぐにおてるを返してもらえるかどうかは分からないが、もうここにはいられない。自分がここを出て、もう子供たちの前には立たないと、犯人の耳目に届けるためには、はっきりとそれを示さなければ――。

その時、ふと思った。犯人はどうやって、自分がここを出たことを確かめるのだろう。もちろん人の噂にでもなれば、耳に届くだろうが、そんなあいまいな方法で知ろうとしているのか。

犯人が親たちの中の誰かなら、状況をすぐに知ることはできる。さもなくば、薫風庵の中にいる者か、薫風庵に出入りできる者、もしくはその周辺にいる者――。

（その中に、亡くなった矢上一之進さまの身内の者がいたならば……）

妙春が寺子屋の師匠をしていることに、我慢ならなかったのではないか。

（蓮寿さまと小梅は違う。大造さんをはじめとするご近所の方が、一之進さまの身内の知り合いとは考えられない。とすれば――）

思い当たる人物は二人しかいなかった。

城戸宗次郎か、堤勝之進だ。

二人とも浪人の身分であり、その出自ははっきりしない。浪人ならば、矢上家と何らかの形でつながっていることも考えられる。あるいは、一之進と親しい付き合いがあったということとて——。

「妙春殿」

その時、部屋の外から男の声がした。宗次郎のものだ。

(まさか、城戸さまが……)

いや、仮に一之進と関わりがあったとしても、おてるをさらって、どこかに匿《かくま》っておくことが宗次郎にはできない。第一、曲がりなりにも子供たちの師匠を務めた身で、子供をさらうという非道な行いをするはずがない。

妙春は自分にそう言い聞かせた。

「はい。何でございましょう」

妙春はにじり寄って襖《ふすま》を開けた。宗次郎は廊下に立っていた。見上げると、こちらが座っているせいか、いつもよりずっと背が高く、大きく感じられた。襖を大きく開けていないせいか、あまり光が当たらず、表情が見極めにくい。

「何をしておられるのですか」

宗次郎は静かに尋ねた。心なしか、声がいつもより暗く沈んでいるように聞こえる。

「おてるのお父さまにお約束しましたので、ここを出ていく支度を」

「それにはまだ早すぎます。何より大切なのはおてるの無事ですが、犯人をつかまえることも大事です。二度と同じことを起こさせぬためにも」

「ですが、この犯人は父の教え子と関わりのある人でしょう。わたくしを恨んでいるだけですから、わたくしを追い出せば気が晴れて、同じことは二度といたしますまい」

「とにかく、出ていくのは最後の手ということにして、まだあきらめないでください」

「城戸さま」

妙春は改めてその顔をじっと見つめた。しかし、その表情はやはりあいまいなままであった。

「仮に犯人がつかまり、その非道が明らかにされたとしても、わたくしはここにはいられますまい」

「なぜですか」

「おてるのお父さまがおっしゃっていたではありませんか。わたくしに非がないと分かっていても、あのような事件を起こした父親の娘と分かってしまったからには、子供を預ける気持ちにはなれない、と。あのお父さまに限らず、事情を知れば、そうお考えになる親御さんは他にも出てくると存じます。いいえ、子供たちだって、わたくしを怖がるようになるかもしれません」

親からの抗議や不信の念などは、何とかなると思うこともできる。大人である親たちは、最後は理屈を説けばそれを理解してもくれるだろう。だが、子供たちに理屈だけを通すことはできない。一度怖いと思われてしまえば、その気持ちを払拭することは難しく、その方法も分からなかった。

それに、他の子供たちはともかく、実際に捕らわれの身となったおてるの恐怖は、どうあっても拭い去ることができないのではないか。

「わたくしはこの犯人の真の狙いは、そこにあると思うのです」

「……」

「ただ薫風庵から追い出すことだけが狙いなのではなく、わたくしの素性を知らしめ、世間の人々の態度がどう変わるか、それをわたくしに突きつけることが狙いなのでしょう。もちろん、そうなれば、わたくしは薫風庵にい続けることができなくなります」

だから、どうか――。そうではないと信じたいが、もしもおてるをどこかに捕らえているのなら、すぐに解き放ってやってください。妙春は心の中だけで宗次郎に手を合わせた。

「妙春殿は子供たちにとって欠かせぬ師であると、私は思います」

不意に宗次郎は言った。

「……本心から、そうおっしゃっていますか」

とっさに口走ってしまった。宗次郎がほんのわずかに身じろぎし、妙春は思わず目を閉じる。

これではまるで、宗次郎を疑っていると言ったも同じではないか。

「……もちろんですよ」

宗次郎の声が降り注がれた。どこか悲しげな調子に聞こえた。胸がつぶれそうな悲しみに、妙春はとらわれた。

今の言葉をすっかり取り消し、なかったことにしてしまいたい。本当はあなたを疑いたくなどない。どこまでも信じ続けていたいと思うのに……。

だが、目を開けた時、宗次郎はもう背を向けていた。遠ざかっていくその姿はどこか寂しげに見えた。

　宗次郎が薫風庵から姿を消したのは、この晩のことであった。

四

　同じ日の午後。江戸の町のとある一軒家に、おてるは捕らわれていた。足を縛られた上、腰に結わえ付けられた縄が柱につなげられていたので、動くことはできない。それだけでなく、年若い武家風の女にずっと見張られていた。昼は握り飯と水を与えてくれ、厠《かわや》に行きたいといえば、連れていってくれる。しかし、大声を上げたりすれば、すぐに猿轡《さるぐつわ》をすると脅された。

　厠に行く際に外の様子をうかがったが、近くに町家が立て込んでいるような場所ではなく、奥まったところにある一軒家のようだ。大声を上げたところで、初めの一声で誰かが駆けつけてくれるとも思えず、おてるは早々にあきらめた。

　そこはそれまで空き家だったのを借りたか、あるいは勝手に拝借しているらしく、布団や食器といった類が何もなかった。ただし、机代わりの木箱が一つあり、女はそこで矢立《やたて》を使い、書状らしきものをしたためている。自分の親か薫風庵の先生に送りつけるものだろうと、おてるは推測した。

「ねえ、あたしが無事だってこと、お父つぁんたちに伝えてくれた」

おてるは尋ねた。女は振り向かず手を動かしている。

「あたしが今無事だって伝えなければ、お父つぁんたち、生きているかどうか、疑うと思うけど」

「追い詰められれば、人はいいように考えるものです。捕らわれた娘が今頃死んでいると考える親はいないでしょう」

女は背を向けたまま応じた。あまり感情のこもらぬ抑揚に乏しい話し方だ。ほんの少し妙春先生に似ていると思う。妙春先生も元は武家らしいと親がしゃべっているのを聞いたことがあるから、武家の女とは誰でもこういうしゃべり方をするものなのかもしれない。

「でもさ、あたしのお父つぁんはそうでもないんだよ。番頭をしているんだけど、旦那さんがいつも物事をいいように考えるお方だから、お父つぁんはいつも悪いように考えるんだって。お店《たな》がつぶれないで済んでいるのは、自分がそうやって危ないことを避けてきたからだって、いつも言ってるもん」

女は再び黙り込んだ。少しうるさくしすぎたかと思ったが、言ったことは嘘《うそ》ではない。

　やがて女は振り返ると、「言われた通りに書きなさい」と、おてるに命じてきた。そして、それまで自分が使っていた机代わりの木箱を、おてるの目の前まで運んできた。

『かならずや、われ助けたまへ。いはれしこと、ゆめたがふな』

　女が見張っているので、言われた通りに書いた。ひらがなでいいのかと問うと、全部ひらがなでいいと言われた。少し悔しかったので、「助け」のところだけ漢字を使った。

　おてるがそれだけ書くと、女が再び木箱を持ち去ろうとしたので、

「もっと書きたい」

　と、おてるは言った。

「何を書きたいのです」

　と、女は疑わしげな眼差しで問う。

「そんな言葉じゃ、あたしだってことが伝わらないよ」

「親はそなたの手蹟を知っているでしょう。見間違えるはずがありませぬ」

「でも、あたしがちゃんと元気だってことが伝わらない。あたしが傷つけられてない

し、へとへとになってもいないってこと、ちゃんと伝えた方がいいんじゃないの」

「いちいち書状に書くというのですか」

「書いてはいけないの？」

「そういう言葉に混ぜて、余計なことを伝えようというのでしょう」

「余計なことって何。あたしをさらった男の人が誰かってこととか。それは書かないよ。それに、そんなのすぐに分かっちゃうことでしょ」

「……」

「じゃあ、あたし、手習いをする。妙春先生から習った歌を書くの。それなら、あたしが書いたって証《あかし》になるし、あたしが手習いできるくらい元気でいることも伝わるでしょ」

おてるの言い分を女はしばらく検《あらた》めているようであった。それから、根負けした様子で言い出した。

「ならば、お書きなさい。少しでも怪しいことを書けば、すぐに破り捨てます」

「分かった」

おてるは言い、それから少し考えるふりをした。何とかしてあの歌を書かなければならない。

「歌を書く」

　女はおてるの相手をするのが面倒になったのか、「好きになさい」と言った。

「二首書いてもいい？」

　わざと訊くと、これにも「好きにしなさい」と言われた。半紙一枚に二首の歌は書けない。一枚ずつ書いて、片方を捨てられたら困るので、先に確かめておいたのだ。

　本当は一首だけで目的を果たせるが、一首だと細かく検められるのが怖いから、本命の他にもう一首、目くらましを混ぜておくのだ。我ながらいい案だと思えた。

　　あしひきの　木《こ》のま立ち八十一《くく》　ほととぎす　かくききそめて　のちこひむかも

　　三十二《しは》すには　あわゆきふると　知らねかも　梅の花咲く　ふふめらずして

「書けた」

　おてるは得意げに書き終えた紙を見せた。もちろん内心では怖くて、得意な気分などまったくなかったが、わざと元気に振る舞った。そうしていないと、今にも泣き出してしまいそうだったから。

「数字のところは九九になってるの。妙春先生が教えてくれた。『万葉集』の頃から、九九はあったんだって」

女は何も言わなかった。

確かに『万葉集』の歌であると納得したのか、それ以上はじっくり検めようとせず、木箱ごと持ち去り、またおてるに背を向けた。

その後、もう寝るようにと言われ、おてるは縄でつながれたまま、柱の隅にうずくまった。布団も枕も肌掛けもない。この時ばかりは、涙が自然とあふれ出てきた。しかし、声を上げて泣けば、女に叱られるかもしれない。機嫌を損ねれば、あの歌も届けてもらえないかもしれない。

あの歌を見てくれさえすれば――。

その思いを胸に、おてるは涙をこぼしながらも、声は懸命にこらえ続けたのであった。

翌日の寺子屋薫風庵は、さながら嵐が吹き込んだようであった。

まず、おてるがいなくなったことはすでに町中に知られており、何人かの子供たちは来なかった。親に連れられ、あるいは子供たち同士でまとまって、通ってきた者たちはいたが、その子供たちも口を開けばおてるのことを盛んに言い合っている。誰もが昂奮《こうふん》気味に口を動かしており、そうしていないと不安でたまらないという風情であった。

賢吾は口こそ開かなかったが、この日ばかりは金之助たちが集まっている場所に入れてもらい、他の子供たちがあれこれ言う話にじっと耳を澄ませている。その賢吾の目も不安に揺れていた。

そんなところへ、朝五つになって現れたのは、妙春でもなければ宗次郎でもない。かつて子供たちの師を務めていた蓮寿であった。

「えー」

蓮寿が嫌なわけではもちろんなく、それはそれで嬉しくも頼もしくもあるのだが、いつもと違うことが立て続けに起こったため、子供たちは意外だという声を上げた。

妙春先生は、城戸先生はどうしたのかと口々に訊く。

「妙春先生と城戸先生は、おてるを捜すため一生懸命取り組んでいるの。だから、その間は私がお前たちの手習いを見てあげる。二人が戻ってきた時、怠けていたなんて思われないよう、しっかり鍛えてあげるから、音を上げたりするんじゃないわよ」

蓮寿から気合を入れられると、子供たちはようやくいつもの様子を取り戻し、わずかに表情を和らげた。それからは、いつものように個々の手習いに取り組んだ。ふわふわした落ち着かない雰囲気は残りながらも、子供たちを叱咤激励する蓮寿の声が、そうしたものをその度に吹き飛ばしていく。

それで、昼の九つになる頃には、子供たちはもうずいぶんと落ち着きを取り戻していたのだった。

「帰りは決して一人にならないように。親御さんが迎えに来てくれるという人は勝手に帰らず、ちゃんとお迎えが来るのを待ちなさいよ」

蓮寿は子供たちを外まで見送りに出て、迎えに来た親には子供をきちんと引き渡した。

「賢吾、お前のおっ母さん、迎えに来るのか」

金之助から声をかけられた賢吾は、首を横に振る。すると、

「じゃあ、昨日みたいに俺たちと一緒に帰ろう」

と、金之助が誘ってくれた。それで一緒に外へ出たのだが、犬槙の生垣を通り抜けようとしたところで、金之助が足を止めた。

「あ、俺、ちょっと蓮寿先生に話があったんだ。お前ら、先に帰ってくれよ。賢吾もこいつらと一緒に帰ってくれ」

こいつらとは金之助の取り巻きで、賢吾も嫌いではない。しかし、賢吾はその途端、金之助の帯をつかんだ。

「おい、何だよ、賢吾」

金之助は困惑した表情を浮かべたが、賢吾はますます強く金之助の帯をつかむ。

「仕様がねえなあ。賢吾は俺がいねえと駄目みたいだ」

金之助は取り巻き連中を先に帰し、賢吾を連れて蓮寿のもとへ向かった。蓮寿は迎えに来た母親の一人と言葉を交わしていたが、それは善蔵の母親であった。二人ともおけいとまともに口を利いたことはないが、その顔は見知っている。蓮寿とおけいから少し離れたところに、善蔵が突っ立っていた。

不機嫌そうに足もとの土を蹴っているのは、母親のおしゃべりで待たされる格好になったのが気に入らないのだろう。そうするうち、善蔵は金之助と賢吾に気づいた。二人に向けられた眼差しにはどこか挑むような光がある。すると、何を思ったか、善蔵が近付いてきた。

「何してんだよ」

と、善蔵が金之助に訊く。

「蓮寿先生に話があんだけど、お前の親が長話してるから待ってるんだよ」

「話があんなら、割り込んでいきゃあいいだろ」

「そんなことしたら、お前《まえ》ん家《ち》の親に恨まれるだろ」

と、金之助は言い返した。その途端、善蔵は目を吊《つ》り上げると、蓮寿と母親のもとへ向かって歩き出した。

「先生、金之助と賢吾が、話があるって」

と、母親を無視して、蓮寿に話しかける。

「あらそう」

と、話を中断された蓮寿が金之助の方に目を向けた。

「それじゃ、あたしどもはこれで」

と、おけいは意外なことに、ごめんなさいねというような眼差しを金之助と賢吾に送り、善蔵を連れて帰ろうとした。

「母ちゃん、俺も先生に話したいことができた」

と、善蔵はいきなり言い出した。

「それは、明日じゃ駄目なの」

「今じゃなきゃ駄目だ」

善蔵は言い張った。

「なら、待たせてもらうしかないかしら」

と、呟くものの、おけいは困惑気味である。

「おけいさん、あなた、家に小さい子を残してきているんじゃないの」

「一応、お隣さんに預けてきているんですけど、お昼時だし、あまり遅くなるわけにもねえ」

「善蔵の話が終わったら、こっちの二人と一緒に帰らせるわ。男の子だし、一人にさえならなければ大丈夫でしょ。昨日のことがあったから、今は自身番の人たちも町内を見回ってくれているし」

「そうですね。じゃあ、皆さんと一緒に帰っておいで」

おけいは物分かりよく言い、帰り道は気をつけるようにと善蔵に念を押した後、親が迎えに来ていない子供たちの集団に声をかけ、一緒に帰っていった。

「それじゃあ、あんたたちの話を聞きましょうか」

蓮寿が金之助と賢吾、それに善蔵の顔を眺め回しながら言う。

「俺の話と善蔵の話は別々だよ」

と、金之助は言ったが、蓮寿はにやっと笑ってみせた。

「おんなじことだって、あんたたちの顔に書いてあるわよ」

そう言われ、賢吾は思わず金之助と善蔵の顔を交互に見つめた。きまり悪そうな二人の顔は、確かによく似ているように見えた。

五

「蓮寿さま。お疲れさまでございました」

妙春は学び舎から戻ってきた蓮寿を、庵で出迎えた。

「妙春先生、元気だったんだな」

蓮寿の後ろから金之助がひょいと顔を見せる。続けて、賢吾が無言のまま前へ出てきて、妙春の前に立った。

「まあ、賢吾も。どうしたのですか」

賢吾は下からじいっと妙春を見上げてくるのだが、何も言おうとしない。だが、その両目は明らかに何か言いたそうな様子で、深い色を湛《たた》えていた。

「こいつも妙春先生のことが心配だったんだよ。もしかしたら、ここからいなくなっちまったんじゃないかってさ」

賢吾の言葉を、金之助が代弁する。

「そうなのですか」

妙春が問うと、賢吾はうなずくでも頭《かぶり》を振るでもない。

「あんまりしつこく訊かないでよ、先生。賢吾が泣いちゃうだろ」

賢吾を挟む形で、金之助とは反対側にいる善蔵がからかうように言う。その物言いは妙に親しげで、妙春は少し面食らった。善蔵はいったいいつから賢吾や金之助と親しくなったのだろう。

しかし、善蔵の発言は的を射ていたようで、賢吾の目がみるみるうちに潤み始めた。

「ささ、とにかく中へ入って。あんまり帰りが遅くなると、おっ母さんたちが心配するから、話は手短に済ませるよ」

蓮寿が言い、子供たちを中へ上げた。

いつも蓮寿が使っている居間に皆を通したのだが、それまで妙春が広げていた書状が無造作に置かれたままであった。最初に部屋に入った妙春が慌てて畳んだので、中は見られなかったのだが、三人の子供たちは何やら妙な眼差しを注いでいる。

「それって、おてるをさらった奴《やつ》が送ってきたもんじゃないの」

善蔵が鋭く訊いた。

「おてるがさらわれたとはまだ限らないでしょう。お家へ帰っていないのは確かだけれど」

犯人から届いた書状のことは、一部の者しか知らないことである。だから、おてるがさらわれたことも知らないはずだが、善蔵はそう思い込んでいるようであった。

「おてるが家出とかするはずないよ。怪我とか病とかなら、もうとっくに居場所がつかめてるはずだ」

あり得る見込みをつぶし、それしかないと立証する。岡っ引きの息子らしい物言いだった。

「それで、どうなんだよ、先生。本当におてるをさらった奴が送ってきたのか」

金之助が興味津々という様子で訊いた。

「仮にそういうものがあったとしても、おてるの親御さんのところに届くものでしょう」

妙春が言うと、「それもそうか」と金之助は素直に納得する。善蔵は納得がいかないのか、無言のままであった。

「先生さあ、俺、おてるを見つけるのに何か手伝えないかって思って、その相談をしたかったんだ」

金之助は続けて訴えるように言った。

「賢吾や善蔵も同じなのですか」

「いや、賢吾は何かひっついて離れなくてさ。善蔵とは何も話してないから、よく分かんねえけど」

金之助の返事に、善蔵は口を尖らせ、

「おんなじだよ。さっき蓮寿先生からそう言われたろ」

と、言葉を返す。それに合わせて、賢吾もうなずいているから、どうやら三人とも同じ気持ちのようであった。

しかし、子供たちを巻き込むわけにはいかない。おてるのことは大人に任せておくようにと、妙春が言おうとした時であった。

「よし。それじゃあ、あんたたちにも手伝ってもらおうかしら」

蓮寿が先に返事をしてしまった。

「蓮寿さま」

と、咎める声を上げたものの、子供たちのやる気に満ちた瞳の前ではかき消されてしまう。おまけに、蓮寿は先ほど妙春が畳んだ書状をいつの間にか開いており、その中から二枚の半紙を取り上げると、子供たちに見せてしまったのだ。

「これ、何だと思う」

蓮寿は子供たちに問いかける。畳の上に並べて置かれた二枚の半紙を、三人は上からのぞき込んだ。

「あの、これは蓮寿さまが学び舎に行っておられる間に……」

妙春は小声で蓮寿に耳打ちする。蓮寿は分かったから任せなさいというような眼差しを送ってきた。

正確にはおてるの家に届いたもので、先ほど父親の藤吉郎が届けにきた。蓮寿が子供たちの指導に当たっていること、宗次郎が昨晩姿を消したこと、自分もいずれ出ていくつもりだったが宗次郎の突然の失踪を受け、今は思いとどまったことを伝えたが、藤吉郎は力なくうなずいただけで、特に何も言わなかった。

「これ、おてるが書いたもんだよな」

金之助が言い、他の二人もうなずいている。

「これを送ってきたってことは、おてるが今無事でいるって証なんだよね」

善蔵がじっとおてるの手蹟を見つめながら呟いた。

「ええ。おそらく手習いができるような扱いを受けている、という印なのだと思いますが……」

「それって、おてるが大事に扱われてるってことだよな」

金之助がすかさず問い、妙春はうなずいた。

「でも、ただそれだけではないように思うのです。もちろん、これは犯人に検められているはずなのですが」

妙春が言うと、「先生、犯人って言っちゃってるよ」と善蔵から苦笑交じりに言われてしまった。これで、おてるがさらわれたことをはっきり認めてしまったことになる。

「もうごまかさないでよ。分かってるんだからさ。それより、この歌はどっちも先生が手習いで教えてくれた歌だよね」

「ええ。どちらも数《かず》が入っている歌として、お話ししたものですね。この『あしひきの』の歌には九九が入っています」

妙春は「あしひきの　木のま立ち八十一　ほととぎす　かくききそめて　のちこひむかも」の「八十一」のところを指さして言った。

「このまたちくく」

と、初めて賢吾が口を利く。こういうことはわりとすんなり口に出せるのだ。

「そうね。『くく八十一』だから、という話をしました」

すると、すかさず金之助が、もう一枚の「三十二《しは》すには　あわゆきふると　知らね

かも　梅の花咲く　ふふめらずして」の「三十二」のところを指し、

「それじゃあ、ここは『しは三十二』で『しは《わ》すには』って読むんだな」

と、得意げに言う。ところが、

「ちがうよ！」

と、その時、賢吾の口から鋭い声が上がった。

「あれ。『しは三十六』だったか」

金之助が盛大な勘違いをし、善蔵があきれた目をしてみせる。賢吾はかまわず先を続けた。

「そこはもともと『十二月』だった」

「ええ、そうね。この歌は九九として皆に示したのではなくて、十二月——つまり師走の歌として挙げたのです。その時も『十二月』と書いて『しはす』と読むと教えたのですが、おてるは九九の歌とごっちゃになってしまったのかしら」

「おてるはそんなに馬鹿じゃないよ」

と、善蔵が言う。確かに、おてるは賢く、記憶力もよい子であった。

「それじゃあ、善蔵はこれをどう見るんだい」

蓮寿が善蔵を促すと、善蔵は少し考え込むように沈黙していたが、やがておもむろに切り出した。

「つかまったおてるが伝えたいと思うことは、犯人が誰かってことか、今いる場所のどちらかだと思う」

「ふんふん。それで」

と、蓮寿が相槌《あいづち》を打つ。

「犯人が誰かって判じ物で知らせてくるのもありそうだけど、これは万が一にもばれたらおっかない」

「なら、『しは』って場所か」

と、今度は金之助が合いの手を入れた。

「そんな名前の場所はねえよ。それを言うなら『芝《しば》』だろ」

「そうね。芝におてるが捕らわれているってことは、ない話じゃないわ」

蓮寿が言い、妙春は思わず立ち上がりかけていた。

「このことをすぐ、おてるの親御さんと番屋に知らせた方がいいですよね」

「まあ、待ちなさい」という蓮寿の声と、「待ってよ」と慌てた善蔵の声が重なった。

「念のためだけど、『しば』っていう名前の人が犯人だってこともあるんじゃないの」

「そうね。それも考えなければならないですね」

亡くなった一之進の名字は「矢上」だが、矢上の一族が犯人とは限らない。一之進と親しかった者の中に『しば』という名の者がいたかどうか、久保田藩の者に問い合わせることができればいいが、今の妙春は故郷の人とはまったくつながりを持っていなかった。

「けど、犯人がおてるの知り合いならともかく、知らない奴なら、おてるに名前を知られないようにするんじゃないのか」

金之助が首をかしげながら言うのももっともだった。

「ああ。たぶん場所の『芝』なんだよ。なら、先生。このこと、父ちゃんに話してみてもいい」

善蔵は目に強い力をこめて尋ねた。

「善蔵のお父さまは……」

「うん。岡っ引きの乙次郎《おとじろう》だよ。このこと、自身番に伝えるんでしょ。そっちはそっちで調べてもらえばいい。けど、芝のどこか分からないんだから、調べる頭数は多い方がいいだろ」

「そんなら、俺も親父に頼もうか。親父が一声かけりゃ、手足となって動く連中がけっこういるし」

と、金之助も前のめりになったが、

「お前んとこの連中が動いたら目立ってしょうがないだろ。俺の父ちゃんたちは目立たないように探るのがうまいんだ」

と、善蔵が言い返した。しかし、その物言いは軽やかで、本心から憎らしく思う相手に対するようなものではない。

「でも、危ないことですのに。お仕事ならばともかく、私事《わたくしごと》をお頼みしてよいのでしょうか」

「危ないことを慎重にやるのが、父ちゃんの仕事なんだよ。そこはうまくやってくれるよ」

と、善蔵は誇らしげに言った。

「分かった。それじゃあ、私からもおけいさんに口添えしておくよ。善蔵のお父つぁんだって、お前ひとりから言われるより、その方が安心して引き受けられるってもんだろ」

と、最後に蓮寿が言った。

「他にもちょっと寄るところがあるから、三人を送りがてら行ってきますよ」

蓮寿はそう言って立ち上がり、三人の子供たちをも促した。

「妙春はどこかから万一の知らせがあった時のため、ここを動くんじゃないよ」

蓮寿が念を押して言う。宗次郎のように黙っていなくなることは許さないというのである。何も言い置かれず、突然いなくなられる者の気持ちは、妙春にもよく分かっていた。胸の中に突然、空洞ができてしまったようなこの心もとなさ。

（城戸さま、あなたはいったい何者だったのですか）

おてるをさらった当の犯人で、矢上一之進の知り合いなのか。それとも――。

混乱を抱えたままの心をなだめつつ、妙春は蓮寿と三人の子供たちの不安げな眼差しにうなずき返した。

子供たちを家へ送り届け、それからどこかへ寄ってきたという蓮寿が帰宅したのは、昼の八つ半（午後三時）にもなった頃であった。昼餉も摂らずにと心配したが、

「昼餉《ひるげ》は日向屋で出されたわよ」

と、蓮寿は答えた。立ち寄る先とは日向屋だったようだ。廻船《かいせん》問屋の日向屋はもともと久保田藩と取り引きがある。妙春が蓮寿のもとに引き取られたのも、このつながりがめぐりめぐってのことであった。

だから、ある程度の限りはあれど、日向屋を通して久保田藩の事情を探ることはで

きなくもない。蓮寿は、今回の一件が十二年前の矢上一之進の溺死に関わると分かってから、日向屋に一之進の周辺を調べてもらっていたという。

「矢上家はとうの昔になくなっていたそうだよ」

と、蓮寿は帰ってくるなり告げた。

「え、でも、十二年前、矢上家へのお咎めはなく」

家禄を召し上げられた神戸家と違い、矢上家はそのまま久保田藩士の家として残されたのである。当時はまだ一之進の父親が当主であったはずだ。

一之進は跡継ぎだったはずだが、他に男子がいなかったとしても、養子を迎えることだってできただろう。

「けれども、その数年後、ご当主が乱行ゆえに家禄召し上げになったそうよ。一之進殿の下に弟と妹がいたそうだけれど……」

「……ご当主の乱行とは、やはり跡継ぎを亡くされたことが原因でしょうか」

「それは分からないわ。乱行がどういうものだったかは、さすがに明かしてもらえなかったそうだしね」

「一之進殿の弟御と妹御はどうなったのでしょう。ご親族のお家などに預けられたのでしょうか」

「行方は分からないそうだわね。弟は矢上小五郎《こごろう》殿、妹はお徳《とく》殿といったそうだけれど、分かったのはそこまでだった」

「お二方はきっと……わたくしを恨んでおられるのでしょうね」

「さあ、それも分からない。今は二十歳前後になっているそうだけれど」

それからね、と蓮寿は言葉を続け、妙春の顔をじっと見つめた。

「勝之進さんが昨日の夜、日向屋を出ていってから、今日は姿を見ていないそうよ」

「今日は、お仕事ではなかったのでしょうか」

「いいえ。いつものように朝方、店へ来ることになっていたのに来なかったんだって」

「それは……」

「そう。宗次郎さんと一緒ね。姿を見られたのは昨夜が最後ってところがさ」

「城戸さまに続けて、堤さままで……」

「お前だって疑ってたんでしょ。あの二人のどちらか、あるいはどっちもが、おてるをさらったんじゃないかって」

宗次郎がいないと分かってから、ここまで突っ込んだ話を蓮寿と交わしてはいなかった。今朝からずっと、そのことを二人でゆっくりと語り合う暇がなかった。だが、その間、蓮寿もずっと宗次郎を疑っていたのだ。

宗次郎ばかりでなく、勝之進のことも……。

こうなるまで、二人について疑ってみたことは一度もなかった。

――妙春殿は清らかな人です。……そんなあなたが汚らわしい噂にまみれることはつらいのです。

案じてくれる心の裏で、恨まれているなどとはただの一度も。

――妙春殿は子供たちにとって欠かせぬ師であるなどとはただの一度も。

励ましてくれるその言葉が、まやかしのものであるなどとは、私は思います。

二人のうちのいずれか、あるいは二人で示し合わせてのことであるならなおさら、その怨念を背負わねばならないのは、他の何にも増してつらいことであった。

六

おてるが芝を知っていたのは、かつて増上寺《ぞうじょうじ》の近くへ父に連れていってもらったことがあり、その風景を見覚えていたからであった。そのおてるが知らせてきた手掛かりをもとに、善蔵の父の乙次郎がおてるを見つけ出したのは、さらわれてから三日目のこと。

借り手の見つかっていない空き家に人が出入りしているのを見た、という報告から発覚したものであった。

乙次郎が手を借りた仲間と共に、様子を見ながら中へ踏み込んだ時、おてるは背の高い男と一緒にいた。

「観念しろ」

と、乙次郎は男に跳びかかり、他の仲間もわっと駆け寄ったのだが、

「違うの、おじさん。その人はあたしをさらった人ではありません！」

おてるがその時、叫ぶように言った。

「その人、薫風庵の先生なんです。おじさんはお顔を知らないでしょうけれど、城戸先生っていいます」

「何だってえ」

乙次郎は頓狂な声を上げ、慌てて床に引き倒した男の上から、身を起こした。

「いやはや、ひどい目に遭いました」

宗次郎は立ち上がって、小袖や袴《はかま》の埃《ほこり》を払いながら言った。

「寺子屋の先生が、どうしてこんなところにおてるちゃんと一緒にいるんだい」

乙次郎はなおも宗次郎への疑いを完全には解いていない。

「先生はおじさんと一緒。あたしを捜して、この家を見つけ出してくれたの」

おてるが懸命に訴えた。

「それじゃあ、おてるちゃんをさらった犯人はどうしたんだい」

「あたしを拐《かどわ》かした男の人と見張りの女の人は朝方出ていったきり。それで、あたしが一人になったところへ、城戸先生が来てくれて」

「犯人は二人か。逃げられたな」

乙次郎の呟きに、「おそらくは」と宗次郎は落ち着いた声で告げた。

「おてるちゃん、犯人の顔を見てるな」

乙次郎の問いに「うん」とうなずいて、おてるはある人物について告げた。乙次郎は驚いたが、宗次郎は表情を少しも変えなかった。

「よし、念のため、ここにはしばらく見張りをつけよう」

乙次郎は仲間たちに家の外での見張りを頼み、おてるを負ぶった。宗次郎に対しては、

「先生のこと疑うわけじゃねえが、俺と来てくんな」

と言い、それから三人で下谷へ戻る。背負われていたおてるは、下谷が近付くと恥

ずかしがって、自分で歩くと言い出した。

まあこれくらい元気ならよかったと、乙次郎は安心した。気分が悪くなったらすぐ言うようにと念押しし、おてるを下ろしたところ、ゆっくりとだが、ふらつくこともなく歩けるようである。

やがて、おてるの家より先に、乙次郎の家の前を通りかかったので、

「うちの倅《せがれ》も心配してたんでね。顔だけ見せてやってくれよ」

と言ってみたところ、おてるはうなずいた。それで、

「おうい、善蔵。おてるちゃんが帰ってきたぞ」

乙次郎が家の戸を叩くと、戸のすぐ向こうに立っていたのではないかという素早さで、善蔵が駆け出してきた。

「おてる、無事だったんだな」

善蔵は大きな声で叫んだ。おてるの顔がくしゃっと崩れる。一瞬の後、おてるはうわーんと声を上げて泣き始めた。

乙次郎が見つけた時には涙も見せず、愚痴も言わず、涙の跡も見られなかった気丈なおてるが——。

おそらくずっと我慢して耐えてきたのだろう。同い年の寺子屋仲間の顔を見るなり、

それまで張りつめていたものが一気にほどけたらしい。

おてるは幼い頃に戻ったように、両手を目に当てながら、声を放って泣き続けた。

善蔵は驚きから覚めた後は、どう声をかけていいか分からないという表情を浮かべたが、ややあってからおてるの肩に片手を置いた。

「もう平気だ。だから泣くなよ」

おてるは泣きながらうなずいた。しかし、うなずけばうなずくほど、泣き声は大きくなる一方であった。


おてるは家へ無事に帰り、そのまま床に就いてしまったので、くわしいことは宗次郎の口から町奉行所の役人たちに報告された。

「おてるをさらったのは、日向屋の用心棒をしていた堤勝之進という浪人です」

さらに、勝之進の手助けをしていた女が一人いたが、その女の名はおてるも最後まで分からなかったそうだ。役人たちが、日向屋と久保田藩の江戸屋敷で聞き取りをしてきたところによれば、

「おそらく、堤勝之進とは、元久保田藩士の矢上小五郎で間違いないのでしょうな」

ということである。だが、久保田藩から得られる証言が乏しく、矢上小五郎につい

てくわしいことは分からなかった。小五郎にはお徳という妹がいるので、おてるが会った女はそのお徳と思われるが、それも確証はない。

しかし、乙次郎の仲間と役人たちが見張り続けた芝の一軒家には、もう勝之進と女が戻ってくることはなかった。探索の手が伸びていることを察し、おてるを置き去りにして逃げたものらしい。

妙春と蓮寿は、薫風庵に戻ってきた宗次郎の口から、くわしいことを聞いた。

「まったく、宗次郎さんも黙って出ていくなんて、はた迷惑なことをしてくれる。お蔭《かげ》で、私も妙春も心配しつつ、宗次郎さんが事件に関わっているんじゃないかと、要らぬことまで考えてしまったじゃないの」

「申し訳ありません」

と、宗次郎は穏やかな声で謝った。

「あのねえ。そうやって虫も殺さぬような顔で微笑《ほほえ》んでいれば、何でも許されると思ったら大間違いよ」

「いえ、決してそんなつもりでは」

蓮寿の厳しい物言いに、宗次郎はたじたじになる。

「ま、許してもいいんだけれど、ここはちゃんと分かるようにお話しなさい」

宗次郎は素直に「はい」と答え、語り出した。

「実は、犯人が妙春殿に薫風庵を去るよう言ってきた時から、私は堤さんのことが気にかかり出したのです。あの人はかつて、日向屋さんのお言葉として、この私に庵を去るよう勧めました。それは事実でしょうし、よいのです。けれども、その後、妙春殿にも、寺子屋の師匠を辞めるよう勧めていました。寺子屋御覧の半月前、そう、私が蟬《せみ》の死骸を見つけた時のことです」

覚えていないかという目を宗次郎から向けられ、妙春はうなずいた。確かに、あの時、勝之進からそう勧められていた。

「あの人の立場として、私にではなく、妙春殿に辞めよと言うのは妙な気がしました。それは、おてるをさらった犯人の要求と同じでもあり、もしやと思ったのです。とはいえ、半信半疑ではありましたし、堤さんを信頼しているお二人の耳に入れるのも憚《はばか》られた。それならいっそ私一人で調べようと思い立ったのです。あの時は、妙春殿がすぐにも薫風庵を出ていきそうなご様子でしたし」

「それにしても、よくおてるがとらわれていた家を、あの乙次郎さんよりも先に発見できたわよね」

「それはまあ、いろいろと頼れるつてもありましたので」

「江戸に来て間もない宗次郎さんに?」

蓮寿が疑わしげな目を向けると、

「頼れるつてがあるなら、ここを出ていけと言われてしまうかもしれませんが……」

宗次郎は軽口に紛らせて微笑むばかりであった。

「肝心のことは秘めておかれるおつもりなのですね」

妙春は溜息交じりに呟いた。人にはさまざまな過去がある。自分にしたところで、つらい過去をあえて宗次郎には告げなかったのだ。だから、無理に聞こうというつもりはない。それでも、

(城戸さまはいったい何者なのですか)

そう問いたい気持ちが込み上げてきた。すると、あたかもそれを読み取ったかのような様子で、

「この先もなお、こちらに置いていただけますなら、私は薫風庵の師である妙春殿の補佐をいたしたいと思っております」

と、宗次郎は真面目な表情で言った。

「ですって。妙春、お前はどうするの」

と、蓮寿が尋ねてくる。

「わたくしは……」

おてるが無事に返された今、犯人の要求に従わなければならぬ道理はなくなった。妙春にいてもらいたいと願う子供たちもいる。いなくなるのではないかと恐れ、泣きそうになっていた賢吾の顔も思い浮かぶ。

だが、それでも、善蔵の前でわんわん泣いたというおてるがどう思うのか。おてるが妙春のせいで、今度のような目に遭ったと思い、妙春を見るたびに嫌なことや怖かったことを思い出すのであれば、ここにい続けるわけにはいかない。

「わたくしがどうするかは、おてるの心次第です」

妙春は揺るぎのない口ぶりで言った。蓮寿も宗次郎も否やは言わなかった。


おてるはそれから三日は寺子屋を休み続けた。その間は蓮寿と戻ってきた宗次郎で子供たちの手習いを見ている。妙春先生はどうしたのかと訊いてくる子供もいるそうだが、妙春は子供たちの前には姿を見せなかった。

金之助と善蔵と賢吾は申し合わせ、おてるの家へ見舞いに行ったそうだ。その後、賢吾の母のおこんがやって来て、「うちの子が余所《よそ》の子にそんな気遣いをできるようになったなんて」と感激と感謝の言葉を伝えていったそうだが、その時も妙春はおこんには会わなかった。

すべては、おてるが自分と会ってくれるか、それで決まる。おてるの気持ちが進まず、自分に会うことも嫌がるようであれば、このまま薫風庵を去るつもりであった。

おてるが寺子屋へやって来たのは四日目のこと。この日も子供たちの指導は、蓮寿と宗次郎が行ったのだが、手習いが終わった後少しして、おてるが蓮寿たちと一緒に庵へ現れた。

「おてるがお前に会いたいと言うから、連れてきたのよ」

蓮寿は妙春に声をかけると、おてるだけを部屋へ入れ、自分は入ってこなかった。

「おてる、無事でよかったわ」

妙春が座るように勧めると、おてるは素直にちょこんと座った。その様子はいつもと同じで、特に妙春に対して含みがあるようには見えない。以前と同じおてるを見ているだけで、妙春は泣けてきそうだった。

「妙春先生にも会えてよかった」

おてるは開口一番そう言った。

「あたし、閉じ込められていた時、いろんな人の顔を思い浮かべて、もう一度会えますようにって神さまにお祈りしていたの。お父つぁんにおっ母さん、お清ちゃんや善蔵や賢吾や金之助の顔とか。蓮寿先生と城戸先生のことも。もちろん妙春先生のことは何度も」

「ありがとう。神さまがおてるの祈りを聞き届けてくださったのは、おてるがいつもよいことをしているからでしょうね」

「あのね、あたしをさらったの、堤っていう、寺子屋にも来ていた浪人さんだったんだけど」

「ええ……」

「あたし、あの時、妙春先生のことで大事な話があるって言われて、あの人について行っちゃったんだ」

　知らない人について行くべきでないことは無論分かっていたが、なまじっか、顔を知る人だっただけに気が緩んでしまったのだという。

「あの人ね、妙春先生は寺子屋の先生になってはいけない人だって言ったの。あたし、そんなことないって言い返したくなっちゃってさ。ついて行ったら、人気のない場所で気を失わされて、後は負ぶわれていったみたい」

「おてるは連れていかれた場所が、芝だってよく分かったわね。それに、歌でこっそり教えてくれたのは本当に立派でした」

「うん。お寺の鐘楼が少し見えたんだけど、見覚えがあるような気がしたの。鐘の音を何度か聞いているうちに、上野や浅草の鐘じゃないなと思った。それで、芝の増上寺の鐘だろうって。鐘の音もすごく近く聞こえたし」

江戸三大名鐘といえば、寛永寺《かんえいじ》、浅草寺《せんそうじ》、増上寺の鐘だ。寛永寺と浅草寺は毎日聞こえてくるため、そうではないと分かったのだろう。それにしても、記憶と知識を紡ぎ合わせ、冷静な判断ができたのはおてるの賢さゆえであった。

「あの人ね。妙春先生のお父さんに、自分のお兄さんを殺されたって言っていた」

やがて、少し躊躇《ため》いがちに、おてるが言い出した。先ほどまで妙春にまっすぐ向けられていた目がいつの間にか下を向いている。

「おてるに聞いてほしい話があります。わたくしの父の話です。もしかしたら、おてるが聞いた話と違っているかもしれませんが、わたくしの話を聞いてくれますか」

おてるがうつむいたまま「……はい」と言うのを聞き、妙春はすべてを正直に打ち明けた。父が算法を教えていたこと、試験の問題を盗み見ようとした教え子を厳しく叱り、その教え子と共に川でおぼれ死んだこと、その後、妙春の家も教え子の家も禄を失い、藩を追われたこと。

「兄をわたくしの父に殺されたと信じるあの人は、わたくしのことが許せなかったのです。わたくしが子供たちの前に立ち、ものを教えるということが──」

「あの人ね、妙春先生のことを寺子屋から追い出そうとしてたの。近所の人の家に石や生き物の死骸とかを投げ入れて、寺子のしわざに見せかけた事件があったでしょ。あれも、あの人がやってたんだって」

「そう……だったのですか」

蛙《かえる》や蚯蚓《みみず》を串刺しにする異常な姿は、ふだんの勝之進とはどうしても重ならない。だが、兄を喪《うしな》った嘆きは勝之進をそこまで追い詰めていたということなのか。もし、その残虐さが自分に対して向けられていたら……。いや、自分一人ならばかまわないが、それが寺子たちや蓮寿、宗次郎に向けられることでもあったなら……。恐ろしさと許しがたい気持ちとが交錯する。

「寺子たちが悪さをするのは妙春先生のせいだってなれば、先生が寺子屋にいられなくなるでしょ。その後、城戸先生が見回りをするようになったから、城戸先生のことも追い出そうとしたみたい。先生たちの悪い噂を流したり、寺子屋御覧も邪魔立てしたりしたって」

そういうことがあったのかと問う眼差しを向けられ、妙春は黙ってうなずいた。そして、顔には出さぬものの、心でははっとしていた。寺子屋御覧の邪魔立てならば、あの蟬の死骸が思い当たるが、もしかしたら似たようなことがもっとあったのかもしれない。それが発覚しないよう手を打ち、何とか寺子屋御覧が実施できるよう骨を折ってくれた人がいるとすれば……。

蓮寿か宗次郎、あるいはその二人とも——。

二人への感謝を胸に刻み、妙春は深呼吸してから口を開いた。

「あの人を気の毒だと思わぬわけではありませんが、おてるを巻き込んだことはどうしても許せません。そんなにわたくしを辞めさせたかったなら、自ら名乗り、わたくしを詰《なじ》ればよいものを」

「たぶん、ただ先生が辞めるだけじゃ気が済まなかったんだよ。先生が皆から憎まれて追い出されるのを見たかったんじゃないかな。もし別の土地へ行っても、先生がまた人に教える仕事をしていたら、同じことをしてやるとも言ってたし」

「……」

「その時ね、あたし、あの人のこと、かわいそうに思ったの。妙春先生もかわいそうだけど、それ以上にあの人の方がかわいそうな気がしたんだ」

おてるはうつむいたまま言う。妙春は思わず膝を進めると、おてるの小さな体を抱き締めた。おてるは一瞬驚いたように体を震わせたが、その後、妙春の鈍色《にびいろ》の尼衣《あまごろも》にしがみついてきた。

「おてるは本当に心の優しい子ですね」

妙春はおてるの背を撫《な》でながら言った。

「わたくしも堤殿のことをお気の毒に思います。叶《かな》うのであれば、お助けしたい。あの方がわたくしやわたくしの父のしたことにとらわれず、まったく新しい気持ちで生きていけるように」

しかし、勝之進――矢上小五郎はおそらく妹のお徳と共に行方をくらませてしまった。このまま逃げ続けて生きていくのではなく、罪を償ってほしいと思うが……。

「妙春先生、薫風庵からいなくなったりしないよね」

おてるはさらに強くしがみつきながら訊いた。

「おてるが聞いた話によれば、わたくしが寺子屋で教え続ける限り、おてるをさらった人たちがそれを阻もうとするのではないでしょうか」

「その時は、城戸先生や善蔵のお父つぁんが何とかしてくれるよ」

おてるは顔を上げると、元気よく言った。

「おてるは怖くないのですか。わたくしがここにいれば、また怖い目に遭うかもしれない。それなのに、わたくしのことを憎く思うことはないのですか」

「先生は、あたしの気持ち次第だって言ってくれたんだよね。だから、あたし、皆と一緒に考えたんだ」

気がつくと、おてるはにこにこ笑っている。その笑顔は少し得意そうで、少し悪戯《いたずら》っぽいものであった。

「皆で考えたとはどういうことですか」

妙春が尋ねると、おてるはいきなり立ち上がり、「入って」と襖に向かって声を張り上げた。どうやら示し合わせていたらしく、襖がいきなり開くや、金之助と善蔵、賢吾の三人組がわっと駆け込んでくる。

練習でもしたものか、おてるを含めた四人の子供たちは妙春の目の前に並んで整列すると、

「あたしたち、先生のこと」

と、おてるが声を張り上げる。そこで、四人で呼吸を合わせ、

「『二八十一《にはちじゅういち》』じゃないよ」

と、声をそろえた。面食らっていると、賢吾が一枚の紙を手渡してきた。美しい手蹟はおてるのものだ。

わかくさの　にひ手枕《たまくら》を　まきそめて　夜をやへだてむ　二八十一《にくく》あらなくに

一首の和歌がしたためられていたが、妙春が教えたことはない。

——若草のようなお前と初めて共寝《ともね》した夜からずっと、お前を離しはしないよ。お前のことを憎からず思っているからね。

子供たちに教えられるはずがない。これは、夫婦の間で交わされた甘い夜のささやきのようなものだ。「二八十一」というところが、例の九九を使った表記で「くく八十一」を踏まえているのだが、寺子屋の手習いで使うことは却下した歌である。

とはいえ、子供たちが「二八十一でない」と言うのは、妙春のことを「にくくはない」——つまり好きだと言っていることになる。好きだからずっとここにいて——と伝えてくれたのだ。

「わたくしが師匠でよいのですか」

震える声で問うと、「当たり前だろ」と金之助が言う。「俺の母ちゃんもそうしてほしいってさ」と善蔵。賢吾は激しく首を縦に動かしている。

「あたしのお父つぁんとおっ母さんにも何も言わせない。ちゃんと納得させたから」

最後におてるが言って、妙春のそばへ駆け寄ってきた。

「ここにいてよ、先生」

と、膝に取りすがられた時、妙春はもう何も考えられず、ただ「はい」と言っていた。

潤みかけた目を袖でぬぐい、子供たちの明るい笑顔をその目に焼き付ける。

「ところで、この歌って、どういうことを言ってるんですか」

不意に、おてるが尋ねてきた。

「そういえば、この歌は誰に習ったのでしょう」

「蓮寿先生が教えてくれたんだ」

と、おてるは無邪気に答える。

「でも、歌の意を訊いたら、妙春先生に尋ねなさいって言われた」

三人の男の子たちもさすがに歌の意は分からぬようで、首をかしげている。

「草で枕を作るってことか」

「くさまくらって言葉を前に習っただろ。旅に出た時の歌に使うんだよね」

「でも、ここは『にひ手枕』だから、違うんじゃないの。先生、『にひ手枕』って何」

金之助と善蔵とおてるがかまびすしく問いかけてくる。賢吾は相変わらずおとなしいが、しゃべる子供たちの顔をいちいち見ながら、興味津々という目を妙春に向けてくる。
（こうして、わたくしを困らせることが、蓮寿さまのお企みなのでしょう）
胸の中で、蓮寿を責めつつ、妙春はしかつめらしい顔を取り繕った。
「今はまだ、あなたたちが知らなくてよいことです」
きっぱり言うと、「ええっ、どうしてえ」というおてるの甘えた声がそれに続いた。
開け放たれたままの襖の向こうに、穏やかな微笑を浮かべつつ、宗次郎が佇《たたず》んでいた。

【引用和歌】

あかときのかはたれどきに島かぎをこぎにし船のたづき知らずも
（海上国造他田日奉直得大理『万葉集』四三八四）

あさがりに十六ふみおこし夕がりにとりふみたて
（山部赤人『万葉集』九二六の一部）

あしひきの木のま立ち八十一ほととぎすかくききそめてのちこひむかも
（大伴家持『万葉集』一四九五）

しはすにはあわゆきふると知らねかも梅の花咲くふふめらずして（紀小鹿女郎『万葉集』一六四八）

わかくさのにひ手枕をまきそめて夜をやへだてむ二八十一あらなくに
（作者未詳『万葉集』二五四二）

【参考文献】

塚本哲三編『十八史略』（有朋堂書店）
佐藤健一監修『日本式数学「和算」でパズルを』（東京書籍）

登場する和歌は、参考資料を基に適宜表記を改めました。

※本作はフィクションです。登場する人物・団体・
事件等は、実在のものとは必ずしも一致しません。

本書のプロフィール

本書は、小学館のために書き下ろされた作品です。

小学館文庫

江戸寺子屋薫風庵《えどてらこやくんぷうあん》

著者　篠《しの》　綾子《あやこ》

二〇二二年八月十日　初版第一刷発行

発行人　石川和男
発行所　株式会社 小学館
〒一〇一-八〇〇一
東京都千代田区一ツ橋二-三-一
電話　編集〇三-三二三〇-五九五九
　　　販売〇三-五二八一-三五五五
印刷所 ―――――― 中央精版印刷株式会社

この文庫の詳しい内容はインターネットで24時間ご覧になれます。
小学館公式ホームページ　https://www.shogakukan.co.jp

ISBN978-4-09-407168-9